Vom Dümpeln und Ankommen

AF200624

Über die Autoren:

Kathleen Kühmel wurde 1976 in Jena geboren. Während des Studiums der Erziehungswissenschaften forschte sie bei den Dogon in Mali. Seitdem empfindet sie die Begegnung mit fremden Kulturen als unerschöpflichen Quell der Inspiration. Wenn sie nicht in Surinam, Namibia oder anderswo unterwegs ist, arbeitet sie als Softwareentwicklerin in Hamburg.

Seit sie sechsjährig mit Pippi Langstrumpf das Lesen entdeckte, taucht Christina Rohde unermüdlich in literarischen Gewässern aller Art. Unterdes ist sie die meiste Zeit des Tages in der realen Welt aktiv und freut sich ihres Lebens als Frau, Mutter, Lehrerin, Tanzende und Reisende. Mit dem Älterwerden nimmt sie sich nun die Zeit, in Tanz- oder Schreibprojekten kreativ zu werden. Dies ist ihr erster literarischer Gehversuch.

Mathias Stein wurde 1978 geboren, studierte Geschichte und hat seitdem die Hochschule nie wirklich verlassen. Statt mit Jahreszahlen beschäftigt er sich heute mit Daten und schreibt aus Ausgleich kleine Geschichten.

Rolf Dräther studierte Physik und arbeitete als Schallschutzsachverständiger, Radkurier, Surf- und Snowboardlehrer, Softwareentwickler, Führungskraft, Coach und Berater. Seine von seinem Vater geprägte Leidenschaft fürs Segeln führte ihn auf einem motorlosen Frachtsegler über den Atlantik und zur niederländischen Sprache. Zur Zeit übersetzt er Bücher aus dem Niederländischen ins Deutsche.

Kathleen Kühmel, Christina Rohde,
Mathias Stein, Rolf Dräther

Vom Dümpeln und Ankommen

Bibliografische Information der Deutschen Nationalbiblio-
thek:
Die Deutsche Nationalbibliothek verzeichnet diese Publika-
tion in der Deutschen Nationalbibliografie; detaillierte
bibliografische Daten sind im Internet über
http://dnb.dnb.de abrufbar.

© 2019 Kathleen Kühmel, Christina Rohde, Mathias Stein,
Rolf Dräther

Umschlagfoto „Korjale in Atjoni, Surinam": Rolf Dräther

Herstellung und Verlag: BoD – Books on Demand, Nor-
derstedt

ISBN: 9783750418875

Inhalt

Kathleen · Das Salz in der Suppe

Alles war warm und das zerwühlte Laken drückte in ihrem Rücken. Maike öffnete die Augen. Durch einen Schleier wilder Locken betrachtete sie Romano. Er schlief noch und die Bettdecke hing halb auf dem Boden. Sein nackter Bauch hob und senkte sich wie bei einer Katze. Hinter ihm auf dem Fensterbrett standen die Weingläser vom Abend zuvor, daneben ein Stapel Bücher mit einer Fernbedienung oben drauf.

Maike rollte sich so leise sie konnte aus dem Bett, doch Romano öffnete ein Auge. Er zog sie am Arm zu sich herunter und brummte: „Melde dich doch krank!" „Ich kann nicht." „Was ist wichtiger als ich?" „Die Nacht mit dir war wirklich schön."

Romano fuhr mit dem Zeigefinger den Umriss des Tattoos auf Maikes rechter Schulter entlang. Zarte Blätter umrankten eine Blüte. „Ti amo kleine Rose. Aber warum bist du nur so stachelig?" Sie küsste seine Hand. „Darf ich dein Duschbad nehmen?" „Nur wenn ich mit reinkommen darf." Maike zog ihm die Decke bis unters Kinn. „Ich habe es echt eilig."

Wasserdampf und Zedernduft waberten durch das kleine Bad und ließen den Spiegel blind werden. Maike stieg aus der Dusche, zog ein orange gestreiftes Handtuch aus dem Stapel und rubbelte sich trocken. Romano rief durch die geschlossene Tür: „Treffen wir uns das nächste Mal bei ... ?" Sein letztes Wort wurde vom Rauschen des Föhns weggeblasen. In Nullkommanichts richteten sich Maikes feuchte Haare zu einer afroartigen Wuschelfrisur auf. Sie föhnte den Spiegel frei und ihr symmetrisches Gesicht tauchte auf. Hinter dem Pony aus schwarzen Locken lagen wache grüne Augen. Maike strich sich über das andere Tattoo auf ihrem linken Oberarm. Sieben kleine Buchstaben. FOREVER. Sieben große Fehler aus der Zeit mit Marc. Er hatte damals schon studiert, Architektur, zweites Semester. Und meinte, so ein Abi mit 1,0 das sei doch nicht normal. Dann wollte er lieber mit Daniela von der Dietrich-Bonhoefer-Hauptschule gehen. Maike rollte das Kabel um den Föhn und zog das Ende fester als nötig. Sie öffnete die beiden kleinen Fenster und frische Luft strömte herein. Das mit Marc war jetzt lange her. Und auch seine Nachfolger. Alles Typen, die Maike behandelt hatten, als würden ihre Zeugnisse und Diplome nach Buttersäure riechen. FOREVER Enttäuschung. Sie pustete eine Locke aus dem Gesicht. So was passierte ihr heute nicht mehr. Es war schließlich kein Zufall, dass ihre Berufsbezeichnung bei Tinder aus drei Leerzeichen bestand. Sie warf das Handtuch in den Wäschekorb. Romanos Profil dagegen war vollständig. Und schien trotzdem irgendwie falsch zu sein. Sie stellte sein Duschbad aufs Waschbecken zurück. Er verdient seinen Lebensunterhalt, als würde ein Abiturient Matheaufgaben aus der 8. Klasse lösen. Egal. Job ist Tag. Tinder ist Nacht. Und nachts arbeitete Romano atemberaubend kompetent. Maike streckte die Hände nach oben und räkelte sich behaglich. Dann klappte sie den Klodeckel zu.

Nackt betrat sie Romanos Zimmer, abgesehen von der Miniküche und dem Bad der einzige Raum seiner Wohnung. Links stand ein kleiner Tisch mit zwei Stühlen, rechts das große Doppelbett mit einem silbernen Aluminiumrahmen. Er stöhnte. „Sei bellissima! Wie eine Fee." Sie schmunzelte und schlüpfte in ihren schwarzen Slip mit der kleinen Spitzenkante. Romano stützte sich auf den Ellenbogen. „Morgen Abend gehe ich ins ‚Joy'. Mit Matze. Ist ein Amico aus dem Lager. Fährt schon länger die Kartons hin und her als ich. Komm doch mit!" Sie schloss ihren schwarzen BH. „Mal sehen." Dann zog sie die Jeans hoch. „Wenn ich es schaffe." Geschmeidig streifte sie den schlichten blauen Pulli über. Dann beugte sie sich herunter und küsste ihn. „Genieß deinen freien Tag heute." „Certo!" Romano griff zur Fernbedienung. Breit grinsend fuhr er fort: „Ruf mich an, wenn du mal wieder einen Staplerfahrer brauchst, der so richtig bei dir aufräumt."

Alles war weiß, als Maike aus der Haustür trat. Anfang November und schon glitzerte der erste Schnee auf der Straße. Sie schloss die Druckknöpfe ihrer schwarzen Lederjacke und wickelte den langen Schal mit Schwung dreimal um den Hals. Die Enden baumelten immer noch bis zu den Kniekehlen. Sie lief mit federnden Schritten zum Heineplatz statt den Bus zu nehmen. Das Denkmal aus Metall in der Mitte sah traurig aus. Sie blieb stehen und betrachtete Heine einen Moment. Oh, nein. Bitte nicht! Jemand folgte ihr. Maikes Beine waren plötzlich schwer wie Blei. Sie gab sich einen Ruck, querte die Cantor-Straße und bog ab in die Allee mit den alten Linden. Würde sie sich jetzt auf einen Sockel stellen, wäre sie von Heine kaum zu unterscheiden.

Sie erreichte das Gebäude mit der schweren blauen Tür, durch die sie gehen musste. Er lief immer noch hinter ihr her. Sie zögerte. Warum will er unbedingt alles zerstören? Warum Tag und Nacht vermischen?

Maike atmete tief ein und drehte sich um. Romano hatte die Hände in seine schlabbrige, graue Jogginghose gesteckt. Sie ging auf ihn zu und fühlte sich, als würde sie durch Tiefschnee waten.

Er schaute sie mit großen Augen an: „Merda. Du arbeitest an der Uni?" „Hm." „Du hast mich angelogen." „Nein, ich habe es nur nicht erzählt." „Kommt doch aufs Gleiche hinaus. Du hältst mich wohl für blöd?" „Nein, überhaupt nicht." Sie zupfte an ihrem Schal. „Nachts bin ich deine Fee." Maike nahm den Schal von der einen in die andere Hand. „Aber tagsüber eher so was wie", sie zögerte, „so was wie Stephen Hawking." Und leiser fügte sie hinzu: „Und alle finden Hawking hässlich."

Romano drehte sich um und schlappte nach Hause. Er blickte über die Schulter zurück und schrie: „Ruf mich an, wenn du mal wieder einen Idioten brauchst."

Maike schaute ihm nach, bis er hinter dem Eckhaus mit stuckverzierten Fenstern verschwunden war. Dann lief sie zum Eingang. Ihr Blick streifte das scheußliche Schild an der Hauswand. Es war etwa so groß wie ein Schulheft. ,Institut für Nuklearökologie. Leitung: Prof. Dr. Maike Markowski.' Sie wollte ihren Namen dort nicht sehen, aber die Verwaltung hatte sich damals durchgesetzt. Standardprozess.

Sie wischte sich eine Träne von der Wange und stieg die Treppen hinauf. Gleich begann das tägliche Stehmeeting, fünfzehn Minuten lang Abstimmung im Team. Normalerweise liebte Maike diese Art, in den Arbeitstag zu starten. Wie wenn man eine Suppe fünfzehn Minuten lang aufkocht und sie dann den Rest des Tages fröhlich vor sich hin blubbert. Jede Blase eine neue Idee. Doch jetzt mochte sie nichts kochen, nichts denken. Würde lieber alles abschalten und sich verkriechen.

Draußen war es schon lange dunkel, als sie ihren Rechner zuklappte. Maike schlüpfte in ihre Jacke und hängte sich den Schal um. Sie ging langsam die steinerne Treppe hinunter. Ein Ende des Schals schleifte hinter ihr auf dem Boden. Er tropfte von Stufe zu Stufe. Maike stemmte sich mit ihrem ganzen Körper gegen die schwere Eingangstür, um sie zu öffnen. Diese Tür war eine große Last. Genauso wie das Gebäude drum herum. Und die Universität. Und ihr geliebter Job. Sie seufzte. Was zu beweisen war.

Dann stockte ihr der Atem. Der kleine Fußweg bis zur Straße war rot. Überall lagen Rosenblütenblätter. In der Mitte flackerte ein Teelicht und dahinter ein Zweites. Hinter der dritten Kerze stand Romano breitbeinig in seinen engen schwarzen Jeans. Er lächelte vorsichtig. „Ich weiß", seufzte Maike, „ich hätte es dir schon früher sagen sollen." Er streckte den Arm aus und krümmte den Zeigefinger in seine Richtung. Maike ging auf ihn zu. „Ich habe noch auf den richtigen Zeitpunkt gewartet." Romano strich ihr eine Locke hinters Ohr. Dann wanderte seine Hand auf ihren Hintern. Er zog ihr Becken an sich heran. Wärme durchströmte Maikes Bauch, als hätte sie gerade eine heiße vietnamesische Pho-Suppe geschlürft. Sie schaute ihm in die Augen. Wunderbare braune Augen. Ohne diesen kleinkarierten Schimmer der Angst.

Seine Hand kroch unter ihren Pulli. Sie schreckte zurück. „Du bist eiskalt. Wie lange stehst du schon hier?" „Na ja, alle deine Collega haben mich gesehen." Er neigte den Kopf und schaute an ihr vorbei aufs Schild. „Ähm, alle deine Mitarbeiter". Maike presste die Lippen aufeinander und hielt den Atem an. Dann prustete sie los. Romano stimmte in das Gelächter ein. Es begann zu schneien. Dicke, weiße Flocken fielen auf ihre Schultern.

„Amore mio, darf denn la Professoressa eine Lederjacke tragen?" „Wird nicht gern gesehen." „Und Stammkundin bei ‚House of Tattoo' sein?" „Ein Unding." „Und einen Staplerfahrer küssen?" „Das ist eine Katastrophe."

Maike fasste Romanos Hand und zog ihn auf die Straße. „Was hältst du von einer Pizza bei Guiseppe?" Romano begann zu rennen. Sie stolperte lachend hinter ihm her.

Christina · Amelie, #metoo

Die neongrüne Leuchtanzeige des kleinen Weckers zeigte 02:37. Noch immer wälzte sich Amelie wie ein soeben aus der Donau geangelter Fisch von einer Seite auf die andere. Dabei war sie noch vor Ende der Tagesthemen frisch geduscht in ihr Bett geschlüpft. Der als „Blütenzauber" betitelte Seifenschaum hatte offenbar die Erfahrungen des Tages nicht abwaschen können. Das nun zerknüllte und verschwitzte Laken war noch von der Mutter daheim gebügelt worden. Amelie konnte den vertrauten heimatlichen Wäschegeruch nur noch ahnen. Sie schloss erneut die Augen, um sich innerlich in ihr Zimmer im Elternhaus zu versetzen, wo der Schlaf sie meist mühelos fand. Vor drei Tagen war sie aus ihrem Dorf mit zwei Rollkoffern in die große Stadt Wien aufgebrochen. Hochmotiviert für das dreimonatige Praktikum, das sie durch die erworbene Auszeichnung bei „Jugend forscht!" bereits vor dem Studium absolvieren durfte. Durch wissenschaftliche Mitarbeiter unterstützt konnte sie im neu erbauten Biologiezentrum der Universität Wien die von ihr schon in der Oberstufe erdachte Versuchsreihe zur Saatgutoptimierung unter standardisierten Laborbedingungen durchführen und dokumentieren. Ein Stipendium der Studienstiftung des deutschen Volkes schien im Anschluss so gut wie sicher. Gerade als Frau würde man sie mit offenen Armen empfangen. Auch das von der Universität vermittelte möblierte Zimmer war ein Volltreffer: Hinterhoflage im dritten Bezirk und nur zehn Minuten von ihrem Arbeitsplatz entfernt. Noch vor 30 Stunden hatte sich Amelie euphorisch als das vom Schicksal reich beschenkte Glückskind bezeichnet, als sie ihrer besten Freundin am Telefon die ersten Eindrücke aus Wien schilderte.

Und nun wiederholte sich scheinbar endlos das heutige Erstgespräch mit ihrem Betreuer Dr. Windreczy in einer Dauerschleife in ihrem Kopf. Überdeutlich sah Amelie sich blondgelockt in ihrem offenen schneeweißen Laborkittel mit eigens für sie angefertigtem Namensschild in seinem Büro stehen. Kein Hinweis von ihm, auf dem freien Stuhl Platz zu nehmen. Ungeschützt stand sie mitten im Raum und kämpfte gegen ein Gefühl der Verlorenheit. Ihre Hände schwitzten und Amelie versuchte sie unauffällig zum Trocknen gegen den Kittel zu pressen. Er dagegen lehnte sich entspannt in seinem gepolsterten Bürostuhl hinter dem gläsernen Schreibtisch zurück. Dabei gab das oben zwei Knöpfe weit geöffnete Hemd einen Ansatz grauen Brusthaares frei. Wie nebenbei fischte er ihr Portfolio aus der Ablage vor ihm. „Na, dann erzähln`s mal…", hatte er sie ermuntert und seinen milchigen Blick dabei ganz unverhohlen über ihren Körper wandern lassen. Verdammt, hätte sie ihren Kittel doch zugeknöpft. Amelie fühlte Scham und Hitze in sich aufsteigen. In weniger als fünf Minuten hatte sie dennoch ihren vor dem Spiegel geprobten Kurzvortrag zu ihrem eigenen Forschungsansatz äußerlich ungerührt abgespult. Würde ihre Idee vor seinem professionellen Standard bestehen?

„Passt scho, Schatzerl!" Das war seine einzige Reaktion gewesen. Keine Nachfragen, keine Kommentare. In Amelies Kopf bildete sich ein Vakuum. Hatte er ihr überhaupt zugehört? Dazu dieses typisch Wienerische Dauerlächeln, das sich nach Abbruch des Blickkontaktes umgehend in eine erhabene Maske verwandeln konnte. All das hätte sie warnen sollen. „Haben's eine wunderschöne Zeit hier bei uns in Wien. Ich bin immer für Sie da, wenn sie mich brauchen.", hörte sie ihn sagen. Wie in einem Film sah sie vor sich, als er sich von seinem Stuhl erhob und um den Schreibtisch herum mit ausgestreckter Hand auf sie zu kam. Amelie ließ die behaarte Hand mit Ehering ihre eigene umfassen, die darin fast verschwand. Eine Wolke seines Rasierwassers umhüllte sie und gab Erinnerungen an den eigenen Vater frei, der zu Familienfeierlichkeiten einen ähnlichen Geruch verströmte. Dr. Windreczys Brusthaare gerieten auf Augenhöhe. Amelie trat einen Schritt zurück und zog dabei ihre rechte Hand entschlossen aus seinem Griff. Täuschte sie sich oder glitt seine Hand nun absichtlich an ihrem Kittel entlang nach unten? Wie zufällig hatte er ihre Hüfte berührt. Amelies Wangen strahlten Hitze ab wie nach einem zu langen Sonnenbad. Am liebsten hätte sie ihre Arme ausgestreckt, um ihn auf angemessene Distanz zu stoßen. Stattdessen hauchte sie: „Oh, vielen Dank auch, Herr Dr. Windreczy. Sehr freundlich von Ihnen!"

„Tja, I geh dann mal...", flüsterte Amelie noch hastig im Umdrehen und verließ fluchtartig Dr. Windreczys Büro. Was hätte sie denn sonst sagen sollen? „Herr Dr. Windreczy, des verbitt I mir!" oder einfach, wie auf dem Dorffest üblich: „Greif mi net an, Oida!" Amelie lachte kurz innerlich auf bei diesem Gedanken. Als wäre ihr universitärer Betreuer nur ein dahergelaufener Bub vom Lande! Und überhaupt, was bildete sie sich ein. Es war bestimmt nicht seine Absicht, ihr zu nahe zu treten. Warum sollte er?

Überrascht nahm sie die neue Botschaft ihres Weckers wahr: 03:17 Uhr verkündeten die Leuchtzahlen unschuldig. Nur noch knapp drei Stunden blieben ihr zum Schlafen. „Diese Nacht is eh füan Oasch!" resümierte Amelie, um sich anschließend noch Gedanken über ihr morgendliches Outfit zu machen. Es wäre keine Zeit zum Haarewaschen, also die Hochsteckfrisur. Dazu am besten eine schlichte schwarze Hose und die hochgeschlossene Bluse. Vielleicht hatte das enganliegende Shirt von gestern unter dem geöffneten Kittel ja dem Herrn Dr. Windreczy eine falsche Botschaft vermittelt. Schon im Halbschlaf fühlte Amelie noch mit leichter Übelkeit seine milchig blauen Augen auf ihrem Dekollete ruhen. Dabei spulte sie eifrig den Text zu ihrer Forschungsthese in seine Richtung ab... „So a Ungustl!" rumorte es in ihr, während die Digitalanzeige gnadenlos auf 04:00 sprang.

Kurz darauf musste sie doch der Schlaf in seine Tiefen gezogen haben. Amelies Atem ging jedoch weiterhin unruhig, ein paar Mal zuckte ihr rechtes Bein heftig nach vorn, wie zu einem Tritt. Die linke Faust ballte sich drohend und ein deutlich vernehmbares Zähneknirschen drang durch das gekippte Fenster in die laue Wiener Nacht.

Als Amelie plangemäß mit Hochsteckfrisur um 07:58 die Drehtür zum Biologiezentrum in der Schlachthausgasse passierte, hatten sich die Nachtgedanken wieder als undeutliche Schatten in Traumwelten zurückgezogen. Die Glasfassade des Biologiezentrums wirkte wie frisch geputzt und sie war tatsächlich ganz alleine hier in Wien. Heute würde sie die erste Versuchsreihe im Labor starten, das steril und voll ausgerüstet auf sie wartete. In ein paar Wochen würde sie vielleicht vor einer Kommission aus Wissenschaftlern ihre Ergebnisse präsentieren. Sie spürte deren anerkennende Blicke, hörte sogar Applaus... Amelie grüßte lächelnd die Dame am Empfangstresen und nahm Kurs auf den zweiten Stock.

Fast hätte sie Dr. Windreczy übersehen, der ihr, nun im weißen Kittel, von oben auf der Treppe entgegenschritt. „Küss die Hand, gnä`Frau!", säuselte er süffisant, „Gemma später noch auf`n Achterl?" Amelie sah die zwei Treppenstufen hinauf und blieb unwillkürlich stehen wie von einem plötzlichen Stromausfall betroffen. „Spuck hi und schwimm ham, Zwutschkerl!" schrie alles in ihr. Wie von außen nahm sie erstaunt wahr, dass sich ihr Mund zu einem freundlichen Lächeln verbog. Sie konnte nicht glauben, was dann in ihrer eigenen Stimme gesprochen tatsächlich aus ihrem Mund kam. „Joa, passt scho. Sagen wir gegen sieben Uhr?" Er schritt zustimmend lächelnd an ihr vorbei. Wieder diese Rasierwasserwolke. Schnell erklomm Amelie die restlichen Treppenstufen zum zweiten Stock.

Das Vakuum in ihrem Kopf wich erst wieder, als Amelie die Tür des Labors hinter sich schloss. Was war denn schon dabei, nach der Arbeit noch einmal ein Glaserl trinken zu gehen. Alle machten das. Schließlich war Dr. Windreczy ihr wissenschaftlicher Betreuer und konnte ihr sicher den weiteren Weg an der Universität erheblich ebnen. Man musste sich nichts dabei denken, oder?
Amelie knöpfte ihren schneeweißen Kittel zu, zwängte sich in die sterilen Handschuhe und entnahm das Saatgut der ersten Versuchsreihe dem sorgfältig beschrifteten Glasbehälter.

Mathias · Mein Opa und sein Besen

Wenn mein Opa nicht schlafen kann, tanzt er. Er steht auf, nimmt den Besen, der immer am Türrahmen lehnt, und tanzt. Am nächsten Morgen, gleich nach dem Aufstehen, schimpft Oma dann meist mit ihm. „Rudolf", ruft sie dann immer, „hast Du wieder im Dunkeln getanzt?" Wahrscheinlich glaubt sie, dass Opa etwas kaputt machen könnte. Denn wenn er tanzt, macht er nie das Licht an. Manchmal, wenn wirklich etwas umgefallen ist, was aber selten passiert, räume ich es auf. Oma darf das aber gar nicht mitbekommen, dass ich für Opa aufräume. Meistens ist sie sowieso mit Opa und Schimpfen beschäftigt, dass sie mich gar nicht bemerkt. Sie schimpft auch gar nicht wirklich mit Opa. Ganz anders, als wenn Mama mit mir schimpft.

Als Belohnung für das Aufräumen steckt Opa mir immer ein Bonbon zu. Ein Eukalyptusbonbon, welches in grünem Papier eingewickelt ist. Oft bekomme ich das Bonbon einfach nur so, auch wenn nichts zum Aufräumen da ist. Nur Oma darf es nicht sehen. Sie mag es nicht, wenn ich zu viele Süßigkeiten esse. „Junge", sagt Opa dann immer leise zu mir, „Junge, Bonbons sind keine Süßigkeiten. Bonbons sind gut für die Lunge und helfen beim Atmen." Opa ist der Einzige in der Familie, der mich Junge nennt. Für die vielen Bonbons kann er mich auch gern anders nennen. Ich mag nämlich Bonbons. Und ich mag Opa.

Opa und Oma wohnen bei uns im Haus, unten neben der Küche. Mama und ich schlafen oben unterm Dach. Papa wohnt auch bei uns, aber der ist auf Montage und selten da. Wenn Mama lange arbeiten muss, mache ich mit Opa meine Hausaufgaben. Manchmal hilft Opa mir dabei; oft sitzt er aber auch einfach nur in seinem Sessel und liest Zeitung. Wenn ich keine Aufgaben habe, gehen wir meist in den Garten und bauen etwas zusammen. Im letzten Monat haben wir eine kleine Holzmühle gebaut, die jetzt am Entendeich steht. Manchmal, wenn Mama und Oma nicht da sind, zeigt Opa mir seinen Besentanz. Er hält mit beiden Händen den Besenstiel fest vor sich hin und fängt an zu tanzen. Einfach so, links, rechts, immer im Kreis, immer im Uhrzeigersinn. Er summt dabei ganz leise. Der Besen schwebt immer leicht über dem Teppich und berührt diesen gar nicht. Um das herauszufinden, habe ich einmal die ganze Zeit auf dem Boden gelegen und Opa musste um mich herumtanzen. In dem kleinen Wohnzimmer war das gar nicht so einfach.

Wenn Opa für mich tanzt, bekomme ich schon vorher ein Bonbon zugesteckt. Ich darf dann auch auf seinem Sessel sitzen. Da darf sonst niemand sitzen. Nur ich, heimlich, wenn Opa für mich tanzt. Meistens bekomme ich auch ein Bonbon nach dem Tanzen, was mit dem Bonbon davor und dem Bonbon am Morgen drei Bonbons am Tag ergibt. Einmal habe ich an einem Tag fünf Bonbons bekommen; mein bisher bester Tag. Mit dem Tanzen müssen wir aufhören, bevor Oma zurück ist oder Mama nach Hause kommt. Die beiden mögen es nicht, wenn Opa für mich tanzt und von früher erzählt. Manchmal, aber nicht immer, erzählt Opa wirklich von früher. Zum Beispiel wie er den Besentanz gelernt hat. Ein alter Müller hat ihm das beigebracht, als Opa selbst zum Müller wurde. Jeden Abend musste er die Mühle fegen. Müller ist der beste Beruf auf Erden, sagt mein Opa immer. Später ist Opa auf Wanderschaft gegangen. Ich kann mir das gar nicht vorstellen, wie ein Müller wandern geht. Er kann ja seine Mühle nicht mitnehmen. Opa sagt, dass er nur einen Besen dabeihatte. Seinen Besen und sonst gar nichts. Wenn ich mit der Schulklasse wandern gehe, nehme ich immer einen Rucksack voll mit Essen und Wechselsachen und mindestens einem sauberen Taschentuch mit. Oma besteht immer darauf. Wahrscheinlich gab es Oma damals noch nicht und Opa konnte einfach so ohne Taschentuch und ohne viel Gepäck wandern. Es muss eine tolle Zeit für Opa gewesen sein. Auch gestern, als wir wieder in der Stube waren, tanzte Opa für mich. Er erzählte von früher und seinen Wanderungen und am Ende, als er schon so viel erzählt hatte, nannte er sogar den Namen einer Stadt, den ich noch nie gehört hatte. Als ich Opa nach der Stadt fragte, hörte er plötzlich auf zu tanzen. Er setzte sich zu mir und schaute aus dem Fenster. Als ich ihn fragte, was denn so Besonderes an dieser Stadt sei, wollte Opa erst gar nicht davon erzählen. Erst als die Haustür aufging und Oma kam, flüsterte er mir leise ins Ohr: „Junge, morgen gehen wir auf Schatzsuche und dann zeige ich Dir ein Bild von dieser Stadt."

Die Schatzsuche heute Nachmittag war klasse, richtig abenteuerlich. Erst haben wir in der Stube gesessen und Hausaufgaben gemacht. Als Oma endlich zum Einkaufen ging, sind wir ganz leise in den Schuppen geschlichen und haben den Spaten geholt. Mit dem Spaten auf der Schulter ist Opa dann den Garten abgeschritten. So hat das Opa jedenfalls genannt. Ich kenne das Wort gar nicht, aber es muss was mit Abzählen zu tun haben. Es war nämlich so, als ob Opa mit seinen Füßen den Garten abmisst. ... Drei Schritte vor, zwei nach links… Wie ein Soldat ist er zählend durch den Garten marschiert. … Acht Schritte gerade aus, vier nach rechts… Am Gartentor hat er angefangen und neben der alten Eiche haben wir den Schatz gefunden. Ich hatte gehofft, dass wir seinen alten Besen finden. Es war aber nur eine alte verrostete Metallbüchse. Opa ist danach mit mir und diesem alten Ding ins Haus gegangen. Er hat den ganzen Inhalt auf dem Wohnzimmertisch ausgeschüttet. Was da lag, war aber nicht wirklich ein funkelnder Schatz. Es sah eher alles sehr dreckig und sehr alt aus. Auf dem Bild, welches Opa aus dem Haufen kramte, war nicht viel zu erkennen. Ein paar Männer standen vor einem alten Haus, wobei das Haus gar kein Dach mehr hatte. Eigentlich bestand das Haus nur noch aus einer alten Mauer, die ganz schön viele Löcher hatte. Die Männer hatten alle die gleiche, graue, müde Kleidung an und Oma konnte ich auf dem Bild gar nicht sehen. Und auch keinen Besen.

Als Opa mir von dieser Stadt erzählte, tanzte Opa nicht in der Stube. Er stand nur am Fenster. Er stand da und erzählte vom Krieg. Das muss nach seiner Wanderschaft gewesen sein, denn vom Krieg hatte er bisher noch nie erzählt. Irgendwann fing der Krieg an und er musste zur Armee und lernte dort den Krieg kennen. Wahrscheinlich so, wie er früher den Besentanz gelernt hatte. Dann ging er wieder auf Reisen, scheinbar immer mit vielen Menschen zusammen – mit Kolonnen und Zügen und Batterien. Opa sprach ganz leise und ich traute mich nicht, ihn zu fragen, was das eigentlich ist, eine Batterie. Ich kannte nur die Batterie im Radio, aber das war es bestimmt nicht. Als ich schon dachte, dass Opa nichts mehr zu erzählen hat, weil er gar nichts mehr sagte, erzählte er von dieser Stadt im Osten. Sie lag an einem großen Fluss und man musste mehrere Wochen wandern, um überhaupt dorthin zu kommen. Es muss eine große, bedeutende Stadt gewesen sein, da viele Menschen dorthin marschierten. „Und dann mein Junge", sagte Opa, „haben sie uns den Arsch versohlt und wir sind abgehauen, einfach nur noch abgehauen. So schnell wie wir konnten, sind wir gerannt. Nur noch nach Hause gerannt." Erst wollte ich lachen, weil ich mir das gar nicht vorstellen konnte, wie jemand Opa den Hintern versohlt. Aber Opa sprach so leise und blickte so ernst, dass ich gar nicht lachen konnte. Opa sagte danach kein Wort mehr und blickte nur noch aus dem Fenster. Vielleicht musste er an damals denken und wusste nicht mehr, was er sagen sollte. Vielleicht musste Opa aber auch an seinen alten Besen denken, mit dem er so lange auf Wanderschaft war und mit dem er eine so schöne Zeit hatte. Vielleicht hat er seinen alten Besen in dieser großen Stadt verloren.

Rolf · Good Lack

Bedächtig rührte Markus in dem Becher mit Klarlack. Vorsichtig fügte er ein paar Tropfen Verdünner hinzu und prüfte das Ergebnis, indem er die Flüssigkeit vom Rührholz abtropfen ließ. Jetzt kam es darauf an. Der Lack musste fließen, doch nicht zu sehr, sonst lief er ihm am Ende – vor allem auf den senkrechten Flächen – im wahrsten Sinne des Wortes davon. Er durfte aber auch nicht zu dick sein, denn so würde er nicht ordentlich verlaufen und das hieße dann wieder schleifen, schleifen, schleifen. Daran wollte er gar nicht erst denken.

Der Lack lief perfekt. Zufrieden stellte er den Becher für einen Moment auf die Werkbank. Er strich das Rührholz am Becherrand ab, legte es zur Seite, schraubte die Flasche mit dem Verdünner zu und verschloss sorgfältig die Dose mit dem Klarlack. Dann ging er hinüber zum alten Kanonenofen, der im hinteren Teil der Werkstatt vor sich hin bullerte, legte noch drei Stücke Holz nach, um den Raum auf Temperatur zu halten, nahm den Teekessel von der Platte und goss sich seinen alten angeschlagenen Emaille-Becher voll. Er lehnte sich für einen Moment an die Werkbank, umfasste die Tasse mit beiden Händen, pustete über den Tee und ließ dabei den Blick durch die Werkstatt schweifen. Seine alte Werkstatt. Die staubige Uhr an der Wand gegenüber tickte leise. Kurz nach Fünf. Noch ausreichend Zeit, ehe ihn sein Broterwerb wieder in Beschlag nahm. Vor den blinden Fenstern war es so früh am Morgen noch dunkel.

Der Wind rüttelte am Tor und auf dem Dach klapperten ein paar lose Schindeln. Im Ofen knisterte das Feuer. Da standen die Bandsäge, die Kreissäge und die Bandschleifmaschine. Auf den Deckenbalken eine ganze Batterie Kant- und Rundhölzer. In der Ecke die lange nicht mehr genutzten Schablonen für die Rümpfe, Decks, Aufbauten und Schotten der Boote und Yachten, die Vater und er hier gebaut hatten, als Holzboote noch gefragt waren. Das war lange her. Heute bestanden gefühlt achtundneunzig Prozent aller Boote aus Kunststoff. „Joghurtbecher mit Mast" nannte er sie spöttisch bei sich. Holz konnte oder wollte sich kaum noch jemand leisten. Nun stand hier nur noch ein Boot – seins. Unter einer Plane. Seit Jahren. Daneben, auf zwei Böcken, der Mast und die beiden Bäume, säuberlich abgeschliffen. Fertig zum Lackieren. Mindestens seit vier Wochen.

Markus trank einen Schluck vom heißen Tee, stellte die Tasse zur Seite und suchte zwischen all den Pinseln nach dem richtigen. Gründlich zupfte er alle losen Haare heraus, ehe er sie später aus dem Lack fischen musste. Er griff nach dem Becher Klarlack und begann mit flotten, präzisen Pinselstrichen, beinahe wie ein Kalligraph, den Mast zu streichen. Nur wenige Augenblicke später war er völlig in seine Arbeit versunken.

Die Tür klappte. Markus schaute auf. „Moin Meister!" Jan, sein langjähriger Mitarbeiter, beide Hände tief in den Taschen seiner alten Steppweste vergraben, war neben ihn getreten. „Schon so früh auf'n Beinen?

Präsenile Bettflucht, oder was?" Draußen wurde es langsam hell, die Uhr an der Wand stand auf halb acht. Jan griff eine Tasse vom Regal und schenkte sich Tee ein. „Du auch einen?" Markus schüttelte den Kopf. „Ich will das hier noch fertig machen. Schnapp du dir mal Kevin und dann bereitet alles vor, dass wir die Reparatur an der Yacht von Doktor Mettmann heute angehen können." Jan nickte und nahm einen Schluck Tee.

Mettmanns Yacht, die hatte eine ordentliche Schmette im Rumpf. Man erzählt, er wäre bei der letzten Regatta der Saison doch etwas zu aggressiv unterwegs gewesen, der gute Doktor. Und dann hatte es geschreppert und auf der Förde musste beinahe der Rettungskreuzer ausrücken. Da würden sie eine Menge laminieren, spachteln und schleifen müssen, ehe das Loch wieder zu war. Und am Ende juckte einem dann tagelang das Fell von all dem Glasfaserstaub. Da half die beste Schutzkleidung nix. Jan stellte die leere Tasse ins eckige Steinwaschbecken und machte sich auf den Weg.

Markus schaute ihm kurz nach, dann verarbeitete er den verbliebenen Rest Lack, strich den Pinsel aus und stellte ihn in die Dose mit dem Reiniger. Der frisch lackierte Mast glänzte im Lampenlicht. Markus wischte sich die Hände an einem Lappen ab, griff nach seiner Tasse und betrachtete zufrieden sein Werk. Die beiden Bäume, die noch unlackiert daneben lagen, übersah er für den Moment großzügig. Es hatte sich gelohnt, heute so früh aufzustehen. Wieder war er einen kleinen Schritt vorwärts gekommen. Punkt.

„Kommst du, Meister? Wir sind soweit." Kevin hatte den Kopf zur Tür hereingesteckt. „Ja, gleich", brummte er in seine Teetasse. Dann wandte er sich um, wusch den Pinsel gründlich aus und räumte die Werkbank auf. Dabei streifte sein Blick die Beitel, Hobel und all das andere Werkzeug, das da vor ihm an der Wand hing. Fast jedes Stück hatte eine Geschichte und so manches Gerät hatten Vater und er angepasst, entworfen und selbst gefertigt, um auch die kniffligsten Aufgaben zu meistern. Er riss sich los, warf noch ein paar Scheite Holz in den Ofen, griff seufzend nach der Kiste mit Epoxy, Gelcoat und Spachtelmasse und machte sich auf den Weg zu Jan, Kevin und Doktor Mettmanns ramponiertem Luxus-Joghurtbecher. Schon an der Tür, setzte er die Kiste noch einmal ab und trat unter die Plane an sein Boot heran. An seine „Kairos".

Kairos – der richtige Augenblick – ob der wohl irgendwann noch käme, für ihn und das Boot? Er hob den Arm, legte die Hand an den Rumpf und schloss für einen kurzen Moment die Augen. Ihm war, als könnte er ihren Herzschlag spüren, als fühlte er ihr endloses Verlangen nach der See. Und all ihre bodenlose Traurigkeit hier unter der Plane. Abrupt riss Markus sich los, schloss sorgsam die Tür und ging hinüber in die weitläufige neue Halle mit den vier hohen Stahltoren. Die Halle, die er vor fünf Jahren gebaut hatte. In der er nun sein Geld verdiente – mit

Yacht-Winterlager und kleineren Reparaturaufträgen. Und die der Grund dafür war, dass er noch viele Jahre für die Bank arbeiten und auf *seinen* Kairos warten musste.

Kathleen · Die Tante

Beißender Geruch stieg ihr in die Nase und ließ die Luft in dem nur ein mal einen Meter großen Raum noch knapper werden. Nneka atmete flach und wischte zügig den Deckel ab. Dann klappte sie den Sitz hoch und brachte auch hier die Flecken zum Verschwinden. Große blaue Gummihandschuhe schlabberten an ihren Händen und die neonfarbene Warnweste leuchtete auf ihrer tief schwarzen Haut. Das verwaschene blaue T-Shirt darunter hing so schief, dass ihre linke Schulter entblößt war.

Sie richtete sich auf, streckte ihren Rücken und betrachtete sich im Spiegel. Ein ernster Blick aus müden, braunen Augen. Sie musste an ihren ersten Tag hier denken. Die Freundin ihrer Mutter hatte damals diese Arbeit so blumig beschrieben und die schicke Uniform in so hohen Tönen gelobt, dass Nneka nur schwer ihre Tränen zurückhalten konnte, als sie begriffen hatte, dass sie einfach die Toiletten putzen sollte.

Mit dem Vierkant, der um ihren Hals hing, öffnete sie die Klappe unter dem Waschbecken. Sie zerrte den Müllsack mit den feuchten Papiertüchern heraus und ersetzte ihn durch einen leeren. Mittlerweile könnte sie sich blind in diesem Waschraum bewegen, der so eng war wie ein zu heiß gewaschenes Oberteil. Blaue Flecken holte sie sich hier schon lange nicht mehr. Nneka zog die Sprühdose aus dem Eimer. Auf dem Etikett war ein Feld mit kniehohen, violetten Pflanzen in vielen geschwungenen Reihen zu sehen.

Das Bild erinnerte sie immer an die Zopfreihen, die sie ihrer kleinen Nichte Abeni flocht. Bloß in einem seltsamen, fremdartigen Traum, mit einer Farbe, die sie noch nie in der Natur gesehen hatte. Nneka drückte den Sprühknopf etwa vier Sekunden lang. Dann verließ sie fluchtartig mit Eimer und Mülltüte den Raum.

Vor der Tür stand ein Mann mit einem Bauch wie eine mächtige Kalebasse und blockierte den Gang. Der Rotwein in seinem Plastikbecher schwappte gefährlich, als er sich ächzend in seinen Sitz schob, um sie durchzulassen. Nneka zwängte sich mit ihren Putzutensilien durch den schmalen Gang von Sitzreihe zu Sitzreihe. Nur etwa die Hälfte der Plätze war besetzt. Überall saßen und standen Menschen und warteten darauf, dass der Zwischenstopp endlich beendet und das Flugzeug Richtung Windhoek, Namibia abheben würde.

Auf dem flauschigen Teppichboden vor ihr krabbelte ein Baby. Der kleine Junge mit blonden Löckchen blickte sie mit großen Augen an. Vorsichtig stieg sie über ihn hinweg. Der Kleine fand das lustig. Sie ging weiter und er krabbelte hinter ihr her. Nneka drehte sich noch zweimal um. Kleine runde blaue Kulleraugen. Es waren die einzigen hier, die sie anschauten.

Kurz vorm Ausgang schlief ein alter Mann. Sein Oberkörper war in den Gang gekippt. Nneka drehte sich seitlich und zirkulierte mit ihrem Putzzeug um ihn herum. Er schlummerte tief und fest, eingehüllt in eine blaue Decke und eingelullt vom leisen Klimpern aus den Lautsprechern.

Nneka stieg die Gangway hinunter und wartete im Schatten des Flugzeugs auf die Neue. Ein heißer Wind fegte über die Betonfläche und kleine Schweißperlen bildeten sich auf ihrer Oberlippe. Eines Tages wird ihre kleine Nichte die Neue sein. Abeni, die jetzt schon davon träumte, mit ihrer Tante als Stewardess zu arbeiten. Auch sie wird hier mit dem Putzzeug in der Hand durchs Flugzeug gehetzt werden und nur ein paar Blicke auf die schicken europäischen Stewardessen erhaschen können. Wie wird sie enttäuscht sein. Tja, so ist das Leben halt. Kein Zuckerschlecken. Schon gar nicht das Erwachsenwerden.

Die Neue stolperte endlich verschwitzt und zerzaust die Gangway hinab und hielt den Plastiksack schief, damit nichts durch einen großen Riss herausfiel. Gemeinsam gingen sie zur Baracke und gaben dort Müll, Handschuhe und Putzzeug ab. Eine wortlose Verabschiedung und keine fünf Minuten später stand Nneka vor dem Maschendrahtzaun des Flughafens. Sie zog ihr T-Shirt gerade und atmete tief ein. Leichte Abgaswolken von vorbeiknatternden Mopeds wehten durch die Luft. An der Wellblechhütte des Gemüseverkäufers hatte sich eine Plastiktüte verheddert und flatterte im Wind. Er hatte heute nicht viel zu verkaufen, aber er winkte ihr fröhlich. Nneka nickte ihm lächelnd zu. Am Horizont schimmerte das rote Dach der Schule. Das einzige Gebäude aus Beton hier weit und breit. Drei spielende Kinder rannten schreiend vorbei. Das letzte, die kleine zarte Abeni, rief: „Guten Morgen Tante Nneka!" bevor sie hinter dem Holzverschlag von Aleidas Friseurladen verschwanden.

Nneka ging die Straße links am Zaun entlang und passierte noch andere unterschiedlich zusammengezimmerte Verkaufsstände. Dann wandte sie sich nach rechts und bog in die Hauptstraße ein. Nneka lief mit erhobenem Haupt und ruhigen Schritten wie eine Königin die Straße entlang. Staub wirbelte hier und da auf und legte sich auf ihre nackten Füße und die Flipflops. Auf der Brust baumelte ihr Ausweis: „Luanda Airport – Ground Service – Nneka Manzambi". Er funkelte in der Sonne.

Der Funge, ein dicker Brei aus Maniokmehl, dampfte noch, als Nneka's Schwester Marisa die Schüssel in die Mitte der Strohmatte stellte. Dann ging sie vor die Hütte und rief: „Kinder, kommt essen!" Marisa's Mann Recardo erhob sich vom Schemel, auf dem er vor der Hütte gesessen hatte, spuckte einen letzten Rest Kautabak aus und hockte sich drinnen auf die Strohmatte. Nneka stellte den Topf mit der Fleischsoße neben die Fungeschüssel und deckte das Feuer in der Ecke mit einem alten Blechdeckel ab. Die Kinder fegten lärmend durch die Hütte, bis Recardo ein Machtwort sprach.

Marisa schöpfte etwas Funge in die tiefen Teller und beträufelte es mit scharfer Soße. Als sie Abeni einen Teller geben wollte, fiel ihr Blick auf den Ausweis, der um ihren Hals baumelte: „Gib sofort Tante

Nneka den Ausweis zurück!" Traurig streichelte Abeni über die Plastikhülle. Nneka zwinkerte ihr zu: „Du darfst ihn beim Essen behalten. Aber häng ihn bitte nachher wieder an meinen Haken."

Abeni strahlte sie an: „Wenn ich groß bin, werde ich auch Stewarddings wie du! Nur wer ein Ticket hat und mich anlächelt, darf ins Flugzeug einsteigen!" Recardo klopfte sich auf die Schenkel: „Oh ja, dann kannst du deinem alten Vater jeden Tag Tabak kaufen." „Und jeden Tag trage ich die schicke Uniform wie alle Stewardingsies. Ich werde sie auch mit nach Hause bringen." Verträumt hielt sie den Ausweis hoch und ließ ihn in der Luft baumeln. „Wenn alle im Flugzeug sitzen, bringe ich Becher ganz voll mit Cola." Abeni hielt den Ausweis wie ein Tablett und stolzierte durch die Hütte. Alle kicherten.

Recardo brummte: „Die Reste in den Flaschen bringst du dann mit nach Hause, mein Kind, ja? Das macht deine Tante nie!" Nneka sah, wie Marisa ein Stoßgebet zum Himmel sandte, um die Tirade ihres Mannes zu stoppen. Doch es funktionierte nicht. „Sie bringt nie Reste mit und sie gibt uns nur ein bisschen was von ihrem Geld ab. Den Rest versteckt sie irgendwo. Tante Nneka denkt eben, sie ist was Besseres als wir. Ist sie ja auch, denn ihre Schwester hat es ja nicht zu mehr geschafft, als ein Mal pro Woche bei Mr. Kassoma zu putzen." Wütend hielt er seiner Frau den leeren Teller hin. Diese legte Funge und Soße nach. Als sie die Kelle in den Topf hängte, donnerte ein Flugzeug über die Hütten. Das schlecht befestigte Blech neben dem Eingang vibrierte.

Nneka schob das Essen auf ihrem Teller hin und her. Recardo hatte selbst noch nie einen Job und noch niemals einen Flughafen oder gar ein Flugzeug betreten. Aber er wusste alles ganz genau und verbreitete seine Unwahrheiten. Mit dem letzten Stück Funge wischte Nneka wütend die letzten Tropfen Soße auf und stellte ihren Teller in den Abwascheimer. Blödmann!

Gleich nach dem Essen lief Nneka mit dem schmutzigen Geschirr zum Abwaschplatz, der etwa achthundert Meter von der Hütte entfernt lag. Sie hatte Glück, ein Platz an dem Betonbecken war gerade frei. Sie stellte den Eimer daneben auf den schlammigen Boden und nahm die größte Schüssel, um sich an der Schlange des Wasserhahns hinter ihrer Nachbarin Patrícia anzustellen. Der Wasserhahn war an einem aus dem Boden ragenden Rohr schief befestigt. Ein kleiner Teil des Wassers spritzte seitlich weg und lief in kleinen Tropfen am Rohr herunter. Kurz stellte sich Nneka vor, Patrícia vor ihr zu erzählen, dass die schicke Uniform auf dem Flughafen aus einer Warnweste, Gummihandschuhen und einem Putzeimer bestand. Ein laut lärmendes Flugzeug flog zum Greifen nah über das Viertel hinweg und nahm den Gedanken mit sich fort. Zurück blieb das Gefühl wie die Tropfen am Rohr im Boden versinken zu wollen.

Nneka spülte zügig das Geschirr und brachte alles nach Hause. Dann setzte sie sich mit der Maniokmehltüte vor die Hütte auf Recardos Schemel. Wie fast immer um diese Zeit war er mit Patrícias Mann unterwegs auf der Suche nach der besten Kneipe des Abends. Nneka griff zum Sieb und befreite damit das Mehl für den nächsten Tag von kleinen Steinchen.

Die Sterne funkelten am Himmel und das ganze Viertel war still, als Nneka von der Toilette, die sich neben dem Abwaschplatz befand, wieder nach Hause lief. Sie betrat die dunkle Hütte. Das über den Tag aufgeheizte Wellblech knackte hier und da in der Kühle der Nacht. Nneka legte sich auf die Strohmatte neben Abeni. Diese schaute sie an. „Was ist?" „Ich kann nicht schlafen." Nneka zog ihr die Decke bis unters Kinn, rollte sich neben sie und schloss die Augen. Sie spürte die harte Matte am Arm und am Oberschenkel. Geometrische Flechtmuster, die sich in ihre Haut drückten.

Nneka öffnete die Augen wieder und flüsterte: „Abeni ich muss dir was sagen." Sie zögerte. Dann holte sie tief Luft: „Heute am Flughafen. Ich habe keine Cola ausgeteilt. Ich habe alle Toiletten des Flugzeugs geputzt." Abeni setzte sich auf und rief: „Du lügst!" In der anderen Ecke der Hütte brummte Recardo: „Ruhe, Abeni, sonst setzt's was!" Das kleine Mädchen legte sich wieder hin und eine tiefe Stille breitete sich in der Hütte aus.

Ein kühler Luftzug wehte zum Fenster herein und streifte über die sechs am Boden liegenden Menschen. Nach einer Weile fasste Abeni nach der Hand ihrer Tante. Nneka antwortete mit einem leichten Drücken. Dann schliefen sie beide ein.

Christina · Störfaktor Kind

„Na, Frau Müller, das Timing sah in der Vorbereitung aber etwas anders aus! Wir sehen uns gleich in meinem Büro." Der Satz hängt noch wie ein übler Nachgeschmack im Raum, als die Schulleiterin die Klassentür von außen schließt. Marlene spürt eine Mischung aus Wut und Ratlosigkeit in sich aufsteigen. Ein schneller Blick auf die Uhr über der Tafel, deren unnachgiebige Zeiger gerade so gnadenlos ihre minutiöse Planung zerlegt haben. Noch 12 Minuten Zeit zum Nachdenken, bevor das Beurteilungsgespräch im Büro der Schulleitung beginnen wird. Dann muss sie für jede Abweichung geradestehen. Sie spürt schon wieder diesen Druck auf der Brust und die Schweißnässe unter ihren Armen. Der Klassenraum der 2b ist von 25 Kindern leergeatmet. Marlene stürzt zum Fenster und reißt es auf. Der hereinströmende Wind kühlt angenehm ihre hochroten Wangen. Sie hebt die Arme und hofft, die Flecken unter ihren Achseln zumindest halbwegs vor dem Gespräch trocknen zu können. Draußen auf dem Fußballplatz toben und kreischen die freigelassenen Kinder. Marlene setzt zur Selbstbefragung an.

Warum hatte dieser lärmende Haufen nicht plangemäß in ihrer Inszenierung mitgespielt? Drei lange Abende hatte sie mit dem Entwerfen, Drucken und Laminieren der über 200 Arbeitskärtchen des neuen Mathematikthemas verbracht. Drei Nächte über den perfekten Stundenverlauf gegrübelt, ihn zur Optimierung drei verschiedenen Personen vorgelegt. Alle hatten ihn als hochprofessionell und didaktisch klug gelobt. Methodisch war der Entwurf absolut wasserfest, das hatte ihr sogar ihre anspruchsvolle Fachseminarleitung bestätigt.

Marlene klaubt ein paar der heruntergefallenen Kärtchen vom Boden auf und donnert sie in die farblich abgestimmte Plastikablage. Am Setting gibt es nichts zu meckern, alles perfekt vorbereitet. Warum also hatte die Erarbeitungsphase 10 Minuten länger als geplant in Anspruch genommen? Warum hatte die dreifach differenzierte Übungsphase nicht alle Lerngruppen in ihrer individuellen Lernvoraussetzung abgeholt?

All diese nervigen Kinderfragen wie: „Frau Müller, wieso ist der Hund auf der Karte blau?" und „Frau Müller, wann feiern wir denn jetzt Johanns Geburtstag?" hatten sie immer wieder aus dem Konzept gebracht. Sie hatte doch extra angekündigt, dass es heute um die Übertragung der Rechenstrategien des Zwanziger- in den Hunderterraum gehen sollte! Auch der zarte Hinweis, dass heute die Schulleiterin zu Besuch sei, um die Kinder bei der Arbeit zu sehen, hatte nicht die gewünschte Wirkung erzielt. Matts war wieder mitten in der Stunde die Trinkflasche ausgekippt, Sofia beschwerte sich mit weinerlicher Stimme, sie würde von ihrer Nachbarin Emma geärgert und dann natürlich Dennis, der grundsätzlich in der Erklärungsphase auf die Toilette wollte und dies lautstark und mit entsprechenden Gesten der ganzen Klasse mitteilte.

Marlene sieht sich selbst wie im Schnelldurchlauf fast gleichzeitig den Boden wischen, Sofia die Hand auf die Schulter legen und Emma einen warnenden Blick zuwerfen sowie Dennis mit einem Seufzer und „Beeil dich aber!" auf die Toilette entlassen. Der innere Film läuft weiter. Die Zeit saß ihr im Nacken, schon vor Minuten hätte die nächste Impulsfrage kommen sollen!

Immer wieder spürt sie den intensiv beobachtenden Blick der Schulleiterin wie zu intensive Sonneneinstrahlung auf ihrer Haut. Was waren es für Anmerkungen, die ihre Chefin nun mit ihrem silbernen Kugelschreiber in den Stundenentwurf kritzelte? „Frau Müller hatte Mühe, die Klasse auf den Unterrichtsstoff zu fokussieren?" Marlene straffte ihren Körper und versuchte ihre Stimme lauter und fester klingen zu lassen, sie musste die Kontrolle schnellstens zurückgewinnen. Akustisches Signal mit dem Gong, Leisezeichen, Lob für erwünschtes Verhalten: „Großartig, der Anton ist schon ruhig. Ich freue mich über den gelben Tisch, der grüne schafft es bestimmt auch gleich…" Zum Glück funktionierten diese eingespielten Rituale und das Tohuwabohu im Raum legte sich zugunsten konzentrierter Stille. Kurz jedenfalls. „Mir ist langweilig!" quengelte doch tatsächlich jetzt der angeblich hochbegabte Paul mit schriller Stimme. Genauso fordernd wie seine lästige Mutter, die

Marlene fast täglich mit langen Mails über sein aktuelles Befinden und gefühlte Unterforderung nervt. „Paul, da habe ich was für dich!" hatte sie lockend geschnurrt und ihm ein individuell für ihn gefertigtes Zusatzblatt vorgelegt. Das hatte ihr immerhin ein anerkennendes Nicken der Schulleiterin eingebracht. Paul nahm es gnädig in Augenschein und würde nun hoffentlich in den nächsten Minuten die Klappe halten.

„Ich kann das nicht", „Das ist zu schwer", „Frau Müller, hilfst du mir?", folgte nun der Kanon der Langsamen und weniger Begabten - ihre nächste Herausforderung. „Bin gleich bei dir!", hatte sie nun mit sanfter Stimme gesprochen, Blickkontakt zu den Betreffenden gesucht und dazu beruhigend gelächelt. Vorher noch ein rascher Blick über das Gros der Klasse, das sich wie ein hungriges Welpenrudel fröhlich lärmend über die Lernstationen hermachte. Schon wieder Chaos und Kontrollverlust im Anmarsch?

„Schschscht!" hatte sie sofort als akustisches Signal eingesetzt und auf die Flüstermaus an der Tafel als zusätzlichen visuellen Impuls verwiesen. Fast fühlte Marlene ihre Augen aus dem Kopf quellen, so deutlich war ihre mimische Unterstreichung. Mit Erfolg, die Unruhe legte sich und die Schulleiterin lehnte sich auf ihrem Stuhl zurück. Der silberne Kugelschreiber ruhte.

Die Uhr zeigt jetzt fünf vor 12 an. Jede Minute der vorangegangenen Stunde hat Marlene noch einmal in ihrem Kopf abgespult, gleich wird es klingeln und sie wird der Schulleiterin in deren Büro Rede und Antwort stehen müssen. Wie soll sie ihr mieses Timing begründen? Marlene fühlt jetzt schon hilflose Tränen in sich aufsteigen und einen Knoten im Magen. Eine Woche Vorbereitung für diese Stunde und Schlafmangel haben ihren Nerven zugesetzt. Ist sie eine schlechte Lehrerin? Bekommt sie jetzt etwa nur eine durchschnittliche Bewertung, die ihre spätere Verbeamtung hinauszögert? Und vor allem: Wie soll ihr Alltag aussehen, wenn sie ihre Stunden weiterhin so minutiös erarbeitet? Immerhin, die Schweißflecke an der Bluse fallen nicht mehr so auf. Zur Sicherheit zieht Marlene ihren Blazer über. Ein kurzer Blick in den Spiegel über dem Waschbecken beweist ihr, dass sich auch ihre Gesichtsfarbe wieder dem Normalzustand nähert. Sie lässt sich schnell noch etwas kaltes Wasser über die Handgelenke laufen.

Kurz nach Ertönen der Schulglocke betritt Marlene das Büro der Schulleiterin, ohne eine Antwort parat zu haben. Dutzende von Entschuldigungen für alle Abweichungen vom Plan huschen durch ihren Kopf. Eigentlich ist sie doch Lehrerin geworden, weil sie Kinder mag. Wann sind sie eigentlich zu ihren Gegnern mutiert? Ist das der Preis der Professionalität?

Die Schulleiterin sitzt hinter einem Tisch voller Papierstapel. Ihr Unterrichtsentwurf liegt oben auf dem mittleren und zeigt gar nicht mal so viele Kugelschreiberspuren. „Ah, Frau Müller, setzen sie sich! Ein

Glas Wasser?", begrüßt die Schulleiterin Marlene. „Sehen Sie, wir wollen es kurz machen, ich habe gleich noch einen Termin in der Behörde. Also, sehr schöne Stunde, die ich da gerade gesehen habe, ansprechendes Material und hervorragendes Classroom Management. Ich kann nur sagen: Weiter so! Möchten Sie noch etwas loswerden?" „Äh, danke, nein", stammelt Marlene und verlässt kurz darauf fluchtartig den Raum.

Neben der Erleichterung macht sich eine große Leere in ihr breit. Irgendwas läuft hier absolut verkehrt. Marlene wird diesen Tag morgen mit ihrer Therapeutin besprechen.

Mathias · Am Ufer

Ein einsamer Mann steht am Ufer und betrachtet einen See. Er ist halbnackt, seine Sachen hat er säuberlich zusammengelegt und auf einen Stapel neben sich sortiert. Ordentlich, korrekt, die Hose unten, die Unterhose oben. Allein seine Socken hat er angelassen. Er mag es nicht, wenn er kalten Sand zwischen seinen Zehen spürt. Seit Stunden steht er an dieser Stelle und betrachtet den See. Er kennt diesen See. Er ist schon oft hier gewesen, hat genau an dieser Stelle gestanden. Wäre er sentimental, würde er sagen, dass dies früher seine Lieblingsstelle war. Jetzt ist es ihm egal. Jetzt steht er nur hier, halbnackt mit Socken, und versucht sich zu entscheiden. Er versucht herauszufinden, war er tun soll, was er tun kann. Stehen bleiben, zurück laufen, ins Wasser gehen. Er kann sich nicht entscheiden. Er ist ein unentschlossener Mann.

Als er ankam, sich auszog und seine Sachen zusammenlegte, war es Mittag. Es war hell und er konnte den gesamten See sehen. Die Sonne schien warm und es fühlte sich unangenehm gut an. So als ob die Wärme gut ist, aber nicht gut sein darf. Als ob die Sonne nicht zu einem unentschlossenen Mann passt, passen darf. Gestern stand er noch nicht hier, war noch nicht nackt und Sonnenbeschienen. Gestern war er zu Hause und hat den Tag mit seiner Frau und seinen Kindern verbracht. Gestern .... gestern war gestern und heute steht er hier. Was zwischen den beiden Tagen passiert ist, weiß er nicht genau. Er weiß es nicht. Er spürt nur, dass etwas passiert ist. Ein letztes Sandkorn ist aufgetaucht und hat den Sandturm zum Einsturz gebracht. Seine Frau und seine Kinder haben diese Erschütterung nicht gespürt. Aber ihn hat dieses letzte Sandkorn dazu gebracht, heute Morgen nicht wie gewohnt ins Büro zu fahren. Stattdessen ist er zum See gekommen. Als er an der Kreuzung den anderen Weg nahm, wusste er noch gar nicht, dass die Fahrt ihn hierher führt. Aber jetzt steht er hier, an diesem See, in dem er in seiner Kindheit so oft geschwommen ist. Jetzt steht er da, halbnackt, und versucht nachzudenken. Er versucht es zumindest.

Er friert nicht. Er steht nur da und ist froh, dass es langsam dunkel wird. Bald kann er nichts mehr sehen, kann den See aus der Kindheit nicht mehr erkennen. Bald hat er keine Möglichkeit mehr, sich selbst zu betrachten, wie er halbnackt am Ufer steht. Er muss es nicht mehr ertragen, dass er nur noch seinen Bauch sieht und nicht mehr seine Füße. Er schaut an sich herab und sieht nicht mehr, ob er überhaupt noch ein Mann ist. Sein Bauch ist fett und rund geworden. Er ist ein fetter Mann, der nichts mehr sieht. Die aufkommende Nacht umhüllt ihn langsam und es scheint, als ob mit der Dunkelheit seine Probleme verschwinden. Er kann sie nicht mehr sehen. Er muss sich nicht mehr sehen. Er muss nicht mehr verstehen, warum der gestrige Sonntag alles verändert hat. Der Tag war eigentlich wie immer, wie die vergangenen Tage und Wochen und Monate zuvor: Eine lose Folge von Wiederholungen. Sein Leben ist gleich geworden. Eine Abfolge von Gleichklang, wo es — so kommt es ihm spontan in den Sinn — nur eine Änderung gab: er ist aus diesem Leben verschwunden. Es ist nicht mehr sein Leben sondern das Leben seiner Kinder, seiner Frau, seines Hauses, seines Hundes, seines Berufes, seines Dienstautos. Irgendwann ist der Sandturm namens Leben immer mehr gewachsen und aus dem Ich ist ein Wir geworden. Und aus dem Wir ist langsam sein Ich verschwunden. Vielleicht ist er deswegen so froh, jetzt endlich halbnackt im Dunkeln zu stehen. Halbnackt und befreit von seiner Kleidung, seinen Problemen, dem gestrigen Tag. Er steht da, mit Socken im Sand, und fühlt sich endlich frei.

Ein freier Mann steht im Dunkeln und muss plötzlich an seine Kindheit denken. Als die Sonne noch schien, war sein Kopf leer und kein Gedanke kam auf. Jetzt ist es dunkel und er sieht seine Vergangenheit. Als Kind ist er oft hier gewesen, hier an dieser Stelle am See. Er kennt den Weg, um durch das dichte Gebüsch ans Ufer zu gelangen. Er hat damals diesen Weg entdeckt, diesen verborgenen Ort. Ob auch jemand anderes diesen Ort kennt, weiß er nicht. Er ist nie einem anderen Menschen hier begegnet. Dies war seine persönliche Stelle, sein Rückzugsraum. Als Kind war er oft hier. Wenn er allein sein wollte und wenn es zu Hause wieder Ärger gab. Und es gab oft Ärger zu Hause. Von dieser Stelle am Seeufer führt der schnellste Weg zum Haus seiner Eltern. Und es war der schnellste Weg raus aus diesem Haus.

Als Kind, als er immer über die alte Gartenpforte zum See verschwand, traf er manchmal seinen Vater am Tor. So wie er fast täglich zum See lief, marschierte der Vater in die Kneipe. Es erschien ihm damals so, als ob beide aus diesem engen Haus, dieser kalten Familie entkommen wollten. Weg von der Mutter, weg von der Frau, die immer unzufrieden, immer streitlustig war. In diesen Momenten verließen er und sein Vater gemeinsam das Haus, ohne ein Wort zu sagen. In den vielen anderen Momenten, wenn sie kein schweigendes Geheimnis teilten, hasste er seinen Vater. Er hasste ihn dafür, dass er als Vater nicht sichtbar war und dass er ihn und seine Geschwister ohne Gegenwehr der dominanten Mutter überlies.

Der halbnackte Mann wusste jetzt endlich, was gestern passiert war. Jetzt wusste er, was dieses letzte Sandkorn war. Es war eine fast schon vergessene Erinnerung an seine Kindheit und seine Mutter, die mit einem einfachen Wir die Familie nach ihren Launen lenkte. Mit einem familiären Wir wurde bestimmt, was er anzuziehen hatte, was er tun musste, was er essen durfte. Selbst seine Gesundheit und seine Gefühle wurden damit bestimmt. „Wir glauben nicht, dass es ihm schlecht geht." Als Kind hatte er diesen Satz gehasst. Er hasste ihn damals und er hasst ihn noch heute. Am gestrigen Sonntag ist irgendwann ein Wir zu viel gesagt worden. Wir könnten, wir sollten, wir dürften. Ein einziges Wir hat die Erinnerung an damals wieder hoch gebracht. Diese Erinnerung, die er mit dem Auszug aus dem Haus seiner Eltern eigentlich begraben hatte.

Jetzt, da er endlich sah, was das Sandkorn war, wusste er, war er tun musste. Er wusste, dass er nicht so leben wollte wie sein Vater. Seine Kinder sollten nicht so eine Kindheit erleben wie er. Seine Frau sollte nicht zu seiner Mutter werden. Er wusste noch nicht, wie er dies erreichen konnte, wie es umzusetzen ist, wie zu erklären. Aber es war ein einziger Gedanke, der sein ganzes Denken ausfüllte: Ich bin nicht mein Vater. Nachdem dieser letzte Gedanke klar und deutlich war, zog er sich langsam an. Er steckte allein den Schlips in die Hosentasche, da er ihn nicht mehr brauchte. Seine Schuhe nahm er in die Hand und die Socken zog er aus. Er wollte noch einmal, so wie als Kind, barfuß den See entdecken. Bei dem Gedanken, sich mit seinem dicken Bauch durch das Gestrüpp zu zwängen und im Mondschein den Weg zu finden, musste er lächeln. Er ist ein Mann, der Barfuß seinen Weg im Dunkeln sucht.

Rolf · Fußballabend

Der Wind wehte welkes Herbstlaub die Straße entlang. Jan schaltete den Motor ab und das Licht aus. Das Auto stand rückwärts in der Parklücke, sodass er den warmen Lichtschein der Leselampe hinter dem Fenster seines Wohnzimmers sehen konnte. Dort saß Jana sicher im Sessel und las in einem der Bücher, die alle in fernen Ländern und Kulturen spielten, und aus denen sie Urlaubs-Sehnsuchts-Ziele destillierte. Jan schaute für einen Augenblick zu dem Fenster hinauf und ließ sich dann in den Sitz zurücksinken. Er war noch nicht so weit. Nur einen Moment noch hier sitzen, ehe er hinaufgehen konnte. Mit einem letzten Surren lief der Lüfter im Motorraum aus.

Wieder einmal – wie oft in letzter Zeit – verachtete sich Jan für seine Feigheit. Und für den Moment der Schwäche, als er ihr begegnet war, dieser herben Schönheit. Dass er nicht hatte nein sagen können, seine Leidenschaft mit ihm durchgegangen war. Doch er hatte einfach nicht anders gekonnt. Alles andere wäre wider seine Natur gewesen. Er hatte sich sofort verliebt, es hatte keines zweiten Blickes bedurft. Und deshalb hatte er nun alles so eingerichtet, dass er zumindest einmal in der Woche bei ihr sein konnte. Jana erzählte er seitdem, dass er an diesen Abenden Fußball spielen ging mit den Jungs. Damit erklärte er auch, dass er immer frisch geduscht nach Hause kam. Was kann auch schöner sein, als sofort nach dem Sport und der Anstrengung unter die heiße Dusche zu springen?

Nun, inzwischen ging es Jan nicht mehr so gut mit seinem Doppelleben. Er konnte Jana kaum noch in die Augen schauen, fühlte sich rundherum mies. So richtig schlimm wurde es morgens, so gegen drei, halb vier. Wenn er schwitzend wach lag, sich hin und her wälzte und einfach nicht mehr einschlafen konnte. Die nächtlichen Gespenster, die ihn dann heimsuchten, waren übergroße Spukgestalten, verursachten ihm heftige Übelkeit und lösten sich erst in der Morgendämmerung auf. Doch niemals völlig. Er seufzte. Schaute wieder hinauf zu dem warmen Schimmer. Schüttelte den Kopf. Was wäre, wenn er es ihr heute einfach erzählen, seinen Moment der Schwäche eingestehen und damit reinen Tisch machen würde? Vielleicht: „Du, ääh, Jana, hör mal, ich muss dir was …". Nein, das klang ja schon im Ansatz verrissen. Vielleicht besser direkter: „Also Jana, ich muss dir da was beichten …". Wieder seufzte er. Seine Hände umschlossen fest das Lenkrad. Ob sie verstehen, ihm verzeihen könnte, was er getan hatte?

Er rieb sich mit beiden Händen über das Gesicht, schüttelte stumm den Kopf und atmete hörbar aus. Nein, wie sollte sie das auch verstehen. Es würde Streit und Geschrei geben – und er hasste das. Ihn fröstelte. Der Motor knisterte und knackte beim Abkühlen. Nach einem letzten Kopfschütteln schlug Jan mit der rechten Hand aufs Lenkrad. Dann schob er mit Schwung die Fahrertür auf. Er stieg aus, klappte die Tür zu, holte die Tasche mit den Sportsachen aus dem Kofferraum und ging hinüber zur Haustür. Das

Auto blinkte zwei Mal beim Klicken der Zentralverriegelung.

Im kleinen Flur der Wohnung setzte Jan die Sporttasche ab und steckte den Kopf durch die Wohnzimmertür. „Hallo Schatz, bin wieder zurück." Jana schaute von ihrem Buch auf. „Wie war's beim Sport?" „Ganz okay", sagte er, ohne sie anzusehen. „Viel Lauferei heute, wir waren nur zu sechst. Ich setze nur schnell die Wäsche an, dann komme ich zu dir." Sie nickte und war schon wieder in ihr Buch versunken.

Im Bad hockte er sich vor die Waschmaschine und stopfte die sauberen Sachen in die Trommel. Er spürte, wie das hohle Gefühl, dieses Ziehen im Bauch zunahm. Wie lange würde er dieses Spiel noch durchhalten? Er schämte und hasste sich dafür, dass er ihr Vertrauen derart ausnutzte, sie hinterging. Aber wie sollte er es ihr sagen? Wie? Und wann? Heute? Was hielt ihn davon ab? Er klappte mit Schwung das Bullauge zu und richtete sich auf. Dann füllte er, für den Geruch und um den Schein zu wahren, eine winzige Menge Flüssigwaschmittel ein und drückte den Startknopf. Die Maschine begann zu summen.

Nein. Kein Geschrei und keinen Streit heute. Keine enttäuschten Jana-Augen. Keine Tränen und keine fliegenden Untertassen. Er würde erst einmal so weitermachen. Vielleicht zwei oder drei Monate noch. Danach konnte er alles beichten.

Wenn er fertig war. An einem sonnigen Frühsommertag mit sanftem Wind. Dann konnte er Jana an die Hand nehmen und über den Steg führen. Zu dem kleinen Segelboot, dessen rauem Charme er auf eBay sofort erlegen war, für das er heimlich Geld aus der gemeinsamen Urlaubskasse abzweigte und an dem er nun an all seinen „Fußballabenden" baute. Vielleicht würde der Ärger kleiner ausfallen, würde ihr das Verstehen und Verzeihen leichter fallen, wenn sie gemeinsam auf seinem restaurierten „Fehltritt" unter weißen Segeln und mit murmelnder Bugwelle hinaus auf den See glitten. Das hoffte er zumindest.

Mit einem Laut zwischen Seufzer und Schnaufen kehrte Jans Blick in die hellgekachelte Wirklichkeit des Badezimmers zurück. Er schaltete das Licht aus, warf die Sporttasche in den Flurschrank und ging hinüber ins Wohnzimmer.

Kathleen · Dschungelfieber

Links von der Tastatur lag eine leere Packung Karamelwaffeln, rechts davon ein Smartphone mit zehn ungelesenen Nachrichten. Das Fenster am Ende des Raums war leicht beschlagen. Würde Cees aufblicken, könnte er draußen die Enten in der Gracht schwimmen sehen. Eine kleine Gruppe mit aufgeplustertem Gefieder, die dem Amsterdamer Winterwetter trotzte. Doch seit Stunden schaute er nur auf den Bildschirm. Mareike, die am Schreibtisch neben ihm arbeitete, tippte ihn an die Schulter: „Na, du willst wohl unbedingt am Gate ausgerufen werden?" Cees blickte mit einem schiefen Lächeln auf: „Ich aktualisiere noch das Lastenheft für Version 3.1 und dann geht's los." „Alles klar. Erhol dich gut in Surinam!" „Bis bald!" Mareike tänzelte um seinen großen Rollkoffer Richtung Ausgang. Cees richtete sich auf und streckte seinen krummen, wie immer schmerzenden Rücken und die Wirbel knackten. Dann versenkte er sich wieder in die Arbeit.

Ab und zu schwappte Flusswasser über die Bordwand und der Motor am Ende des langen schlanken Holzbootes dröhnte. Drei Tage lang war Cees jedem Vorschlag seines Reiseführers durch Paramaribo, der Hauptstadt von Surinam, gefolgt. Er hatte die Kathedrale aus Holz besichtigt, die ehemalige Plantage Frederiksdorp besucht und sich das Sklaverei-Museum vom Fort Nieuw Amsterdam angeschaut. Am schönsten Ort von Paramaribo, der Waterkant, hatte er den letzten Abend verbracht und mit Touristen und Einheimischen Parbobier getrunken und Pommes Frites aus Maniok gegessen. Jetzt fuhr er in einem schlanken Boot Richtung Dschungel.

Vor ihm saß ein junges Paar. Der schlaksige Mann hielt eine Kamera in der Hand und war fasziniert von allem: Den Palmen, die aus dem Dickicht am Ufer herausragten, den Mangroven, die ins Wasser wuchsen und den riesigen Gesteinsbrocken mitten im Fluss. Als er die Kamera weglegte und seine Begleiterin umarmte, schaute Cees zur Seite. Eine Lodge mit ockerfarbenen Häuschen zog vorbei.

Der Fotograf, dessen Augen hinter einer verspiegelten Sonnenbrille verborgen waren, drehte sich zu Cees um: „Und, hast du dir auch eine SIM-Karte von Digicel besorgt? Nur die funktioniert nämlich im Binnenland, um die nächste Lodge anzurufen." „Ja. Sogar mit Datenvolumen." Einiges davon hatte Cees bereits in Paramaribo verbraucht. Praktischerweise gab es eine mobile Version des Programms, mit dem sie im Projekt die Arbeit organisierten. So konnte er den Status der Aufgaben für Version 3.0 verfolgen. Und rechtzeitig eingreifen, als ein Entwickler die falsche Webseite bearbeiten wollte. „Aber Lodges werde ich nicht anrufen müssen." Cees erzählte, dass er sieben Tage im Dschungelhotel Botopassie bleiben würde. Der Vordermann hob die Sonnenbrille an: „Wir machen Lodge-Hopping. Länger als zwei Nächte werden wir nirgends bleiben." Er drehte sich um und nahm wieder die Kamera zur Hand. Er fotografierte erst seine Begleiterin und dann das Gepäck im Bug, das nur notdürftig durch eine Plane vor Spritzwasser geschützt war. Cees Koffer mit zwei Eierpackungen obendrauf schaute daraus hervor. Rundherum waren mehrere Bierkisten gestapelt.

Zwei Stunden später legte das Boot an einem blauen, wackeligen Holzsteg an. Cees stieg aus und half dem Bootsmann, eine Kiste Bier, die Eier und seinen Koffer auszuladen. Als das Boot weiterfuhr, winkte das Pärchen zum Abschied. Cora, die Inhaberin der Lodge, eilte zur Begrüßung herbei. Sie hatte blasse Haut und rotblonde Haare. Bald darauf kam ihr Mann Frans dazu. Er war ebenso wie sie etwa fünfzig Jahre alt. Alles an ihm war tiefschwarz, seine Haut und auch seine kurzen, krausen Haare. Frans schüttelte Cees' Hand: „Willkommen, da!" Dann schleppte er den Bierkasten und die Eier zur Küche.

Cora zeigte dem neuen Gast das Gelände mit dem Hauptgebäude im Zentrum. Die kleinen Gästehütten am Rand waren auf traditionelle Art aus sich überlappenden Holzplanken errichtet und mit einem dicken Strohdach gedeckt worden. Etwa fünf Meter dahinter begann der Dschungel, eine dichte grünbraune Wand. Vorn floss der Surinam-Fluss und gegenüber sollte ein kleines Dorf liegen, der Geburtsort von Frans. Mehr als ein Waschplatz am Ufer war jedoch nicht zu sehen. Cora erzählte, dass dieses Dorf vor mehr als hundert Jahren von entlaufenen Sklaven, den Saramaccanern, gegründet worden war, die hier versteckt im Busch ums Überleben gekämpft hatten. Am Ende des Rundgangs fragte Cora, wie Cees von ihrer Lodge erfahren hatte. „Es gab einen

Artikel über euch im Kolumbus Magazin", antwortete er. Dass die Zeitschrift im Wartezimmer seiner Hausärztin lag, behielt er lieber für sich. Und auch dass er dort saß, weil sich sein vierzigjähriger Körper unerklärlicherweise anfühlte, als ob er achtzig Jahre alt wäre. Cora strahlte: „Um sechs gibt es Abendessen auf der Terrasse des Haupthauses. Bis dann!"

Cees kratzte einen getrockneten Spritzer Bananensuppe vom T-Shirt. Es war kurz nach sieben und er saß vor seiner Hütte. Der Hocker unter ihm war aus einem einzigen Stück Stamm geschnitzt. Er beugte sich nach vorn und fuhr mit den Händen die kunstvollen Formen entlang. Das Holz war grob und an einigen Stellen gerissen. Cees rutschte hin und her. Er setzte sich auf seine Hände. Legte die Hände wieder in den Schoß. Zu Hause würde er an einem Montag wie diesem noch etwa eine Stunde arbeiten. Die beste Zeit des Tages, weil es im Büro, im Chat, per Mail und auf dem Telefon so schön ruhig war. Er holte sein Smartphone aus der Hütte und lief damit über das Gelände. Doch das Display zeigte nichts als die kleine, durchgestrichene Antenne. Er biss die Zähne zusammen, steckte das Telefon in die Hosentasche und ging zum Anleger. Dann lief er über die Wiese bis zur Dschungelwand und wieder zurück. Als er an seiner Hütte stand, hatte er das Gefühl, nicht genug Luft zu bekommen. Er fühlte sich hier eingeengt. Eingesperrt. Er konnte allein nicht mal auf ein Bier ins Dorf gehen, weil es am anderen Ufer des Flusses lag. Cees betrat seine Hütte, klappte den Koffer auf und packte die

Wanderschuhe rein. Als er den Reißverschluss der Waschtasche zuziehen wollte, sprang eine große rote Kakerlake heraus. Raschelnd flitzte sie von seiner Hand über den Boden zur Holzwand und verschwand in Nullkommanichts durch eine Holzspalte nach draußen. Cees ließ die Waschtasche fallen und schüttelte sich. Er wühlte den Reiseführer aus dem Koffer, knallte sich damit aufs Bett und suchte nach einer anderen Lodge.

Cees schlief und schlief, so dass ihn Cora zum Frühstück wecken kam. Schlaftrunken griff er zum Telefon und versuchte, seine Mails zu checken, doch er saß immer noch im Funkloch. Auf dem Weg zum Frühstück auf der Terrasse des Haupthauses lief er mit ausgestrecktem Arm über die Wiese. Aber nichts bewegte sich. Cees nahm bei den anderen Gästen an der großen Tafel Platz.

Etwas abseits an einem kleinen Tisch saß Frans in einem roten, flauschigen Bademantel. Er trank Kaffee aus einem alten Emaillebecher und las Zeitung.

Einer der Gäste schob Cees die Platte mit den Brötchen rüber. „Die sind aus dem Dorf! Genauso wie die Erdnussbutter." Von seinem Platz aus konnte Cees über den Fluss schauen. Leise rauschte das Wasser. Am Ufer standen zwei kleine Palmen und ein paar Büsche mit bläulich schimmernden Blüten. Der sanfte Wind ließ die Blätter wippen und die letzten Tautropfen der Nacht fielen zu Boden. Cees biss in sein duftendes Brötchen und lehnte sich zurück. War das schön hier. Es gab keine klingelnden Fahrradfahrer, die um jeden Zentimeter kämpften, keine stinkenden Autos und auch keine quietschenden Straßenbahnen. Einfach nur üppige, feuchte und kräftige Natur. Seine Abreisepläne kamen ihm in den Sinn. Er atmete tief ein. Das Gefühl von gestern verflüchtigte sich wie der morgendliche Dunst über dem Fluss in den ersten warmen Sonnenstrahlen.

Noch am Frühstückstisch zählte Cora mögliche Aktivitäten auf. Heute Vormittag Besuch des Museums und der Holzschnitzwerkstatt, am Abend Tanzvorführung in einer benachbarten Lodge und morgen dann ein Spaziergang durchs Dorf. Cees buchte das komplette Programm. Als er mit den anderen losging, las der Chef des Hauses immer noch die Zeitung. Ist Dienstag Frans' freier Tag?

Mittwochnachmittag lag Cees in einer Hängematte aus grober Baumwolle. Die Temperatur auf der überdachten Terrasse war so hoch, als würde die Sonne direkt draufknallen. Mit der rechten Hand drückte er den Stoff nach unten und beobachtete die fünf neuen Gäste. Sie waren am Abend zuvor angekommen und versammelten sich jetzt am Steg für den Ausflug zum Museum. Cees ließ sich wieder in die Hängematte sinken und stierte die Terrassendecke an. Schweißperlen rollten an seinen Schläfen hinab. Er angelte sich seinen eBook-Reader vom Boden und klappte ihn auf. Die Uhr am Bildschirmrand zeigte zehn nach zwei. Cees rieb sich mit der Ferse am Schienbein und suchte in der Bücherliste des Readers nach dem ‚Bienenhirten'. Er seufzte. Wenn schon zum Lesen verdammt, dann wenigstens ein Fachbuch über selbstorganisierte Teams.

Eine Stunde später wand sich Cees aus der Hängematte. Er schnappte sich sein Telefon und lief wieder mit ausgestrecktem Arm kreuz und quer über das Gelände. Von wegen Digicel funktioniert auch im Dschungel! Er kam an dem Tisch unterm Mangobaum vorbei. Einer der Plastikstühle lag schon den ganzen Tag im Gras. Er stellte ihn auf und wischte ein paar alte Blätter vom Tisch. Aus dem Augenwinkel sah er, wie zwei ältere Damen ihr Gepäck vor eine Hütte stellten. „Was ist denn mit euch los?" „Ach, die Toilettenspülung ist kaputt. Wir sollen in die zweite Hütte umziehen." Cees packte sofort mit an und schleppte Koffer und Tüten. Dann lief er mit erhobenem Telefon zur Hängematte. Doch kein Bing und keine Vibration. Das Telefon blieb tot und so fühlte er sich auch. Er kroch in die Hängematte und versuchte erneut die Zeit bis zum Abendessen zu zerlesen.

Donnerstagmorgen saß Cees mit dem Rücken zum Fluss am großen Esstisch. Er rührte in seiner Tasse, obwohl sich die Kaffeebröckchen schon längst aufgelöst hatten. Ein Ehepaar aus Venlo, rüstige Rentner, saß neben ihm. Cora stellte ein Tablett mit süßen Grapefruit-Stücken auf den Tisch.

Schnell wurden sich alle Gäste einig, dass heute der große Spaziergang durchs Dorf auf dem Programm steht. Cora schaute zu Cees und zuckte mit den Schultern: „Du kennst ja alles schon." Ein seltsamer Geschmack breitete sich in seinem Mund aus.

„Ich weiß." Er legte den Rest Grapefruit wieder auf seinen Teller.

Die Seniorin plapperte ohne Pause. Auf einmal zeigte ihr Mann ganz aufgeregt zur Wiese. Dort lief ein giftgrüner Leguan. Hektik brach aus und Kameras klicken. Auch Frans sprang auf und freute sich wie ein kleiner Junge. Nur Cees blieb sitzen, den Kopf auf den Arm gestützt. Am anderen Ende der Terrasse sah er die leeren Hängematten leicht im Wind schaukeln. Sollte er wieder die mit den blau-grünen Streifen nehmen? Und darin seinen Tag wie in einem Sanatorium verbringen? Und die Paneele an der Decke anstarren? Er schob seinen Teller weg. Dann sprang er plötzlich auf: „Cora, hast du vielleicht Arbeit für mich?"

Frans winkte ihn in den Rohbau hinter dem Haupthaus, wo Käfer und Spinnen über die nackten Betonwände krabbelten und Arbeitsgeräte kreuz und quer auf dem Boden lagen. „Das ist Farbe für Baum." Frans öffnete die Dose mit einem krummen Schraubenzieher und ging auf die Veranda. Der erste Holzpfeiler war obenrum bereits gestrichen und Frans gestikulierte ihm, hier weiterzumachen. Cees hockte sich hin und begann zu streichen, während Frans pfeifend im Haus polterte und klapperte. Mit jedem Pinselstrich wurde das Lächeln in Cees Gesicht breiter. Endlich Arbeit.

Frans kam raus und schaute zu. Cees blickte zu den anderen drei Pfeilern und der Brüstung dazwischen: „Die Farbe wird nicht reichen, um alles zu streichen." „Ist gut", antwortete Frans und ging. Cees kramte sein Handy aus der Hosentasche. Er wählte seine Lieblingsplatte von Bløf und strich sich im Takt glücklich.

Freitagvormittag zogen weiße Wolken am Himmel ihre Bahnen. Die Reste des nächtlichen Regenschauers verdampften in der Sonne. Auf dem großen Stein neben der Veranda genoss ein orangefarbener Gecko mit blauem Schwanz die Wärme. Etwa eine Stunde später blickte Cees zum Stein. Sein stummer Freund war verschwunden und die Sonne auch. Stattdessen hingen dicke Wolken am Himmel. Cees quetschte den letzten Rest Farbe aus dem Pinsel und warf die leere Dose auf den Müll. Dann stellte er den Pinsel in das Glas mit Reiniger und putzte sich die Hände an einem alten Lappen ab.

Cees lief in Richtung Haupthaus, von wo eine Melodie herüber wehte. Er fand Frans im Aufenthaltsraum auf dem Sofa. Cees klappte den Mund auf. Und wieder zu. Frans übte Saxofon. Cees setzte sich auf die Sofakante und stützte beide Arme auf den Knien ab. Als Frans das Notenblatt wechselte, sagte Cees: „Die Dose ist leer." Ohne ihn anzuschauen, antwortete Frans: „Muss ich in Atjoni neue bestellen." „Wie lange dauert das?" „Einen Tag möglich."

Draußen kündigte aufkommender Wind einen Regenschauer an. Die offene Eingangstür klapperte. Cees sprach weiter: „Ich habe doch gleich gesagt, dass die Farbe nicht reichen wird." Frans schwieg. Die ersten Tropfen klatschten am Eingang auf den Boden. Cees richtete sich auf. „Warum hast du nicht schon gestern neue Farbe bestellt?" Er kratzte sich hinterm Ohr. Ein Notenblatt segelte auf den Boden aus weißen Fliesenscherben. „Dann hätte ich heute die Veranda fertig streichen können." Ein roter Käfer, so groß wie eine Euromünze, lief raus in den Regen. Frans beugte sich vor und legte das Blatt wieder auf den Stapel. Er lehnte sich entspannt zurück und sagte: „Ist Saramaccaner Art." Dann setzte er das Saxofon an seine Lippen.

Cees schüttelte den Kopf und tauchte nochmal unter. Das Wasser war so warm wie in einer Badewanne. Gerade hatte er probiert, gegen die Strömung zu schwimmen, aber die war so stark, dass er früher oder später hinter der nächsten Flussbiegung verschwinden würde. Deshalb klammerte er sich an einen großen Stein und ließ sich vom Wasser umspülen.

Wie kann man nur so unorganisiert sein? Mit nur zwei Dosen mehr hätte Cees die gesamte Veranda streichen können. Aber so hatte er nur dieses mickrige Stückchen geschafft und den ganzen Nachmittag vertrödelt. Er richtete sich auf und stemmte sich gegen die Strömung. Gegenüber beim Dorf wuschen ein paar Frauen in der Abenddämmerung ihr Geschirr im Fluss. Cees schlug mit einer Hand aufs Wasser. Es spritzte nach allen Seiten. Denkt Frans überhaupt mal an morgen? Je früher das neue Haus fertig wird, desto früher können sie es vermieten. Aber so wird das nichts. Cees trommelte jetzt mit beiden Händen aufs Wasser. Immer wieder. Aber vielleicht ist das auch besser so, dachte er. Ein paar Touristen weniger, die sich hier zu Tode langweilen.

Cees kletterte aus dem Wasser und setzte sich auf den Steg. Die Luft hatte die gleiche Temperatur wie das Wasser.

Eine tiefe Stimme hinter ihm fragte: „Willst Du?" Frans hielt ihm eine geköpfte Kokosnuss mit einem Strohhalm aus Gras hin. Sein Lächeln entblößte eine Reihe blendendweißer Zähne und sein ganzes faltenfreies Gesicht strahlte. „Gerade gekauft." Er zeigte auf den Dschungel hinter der Anlage: „Saramaccaner Supermarkt!" Cees griff zu und lächelte zum ersten Mal an diesem Tag.

Frans setzte sich neben ihn. Sie ließen die Beine baumeln und betrachteten den Fluss. Ein spätes Boot fuhr vorbei und der Außenbordmotor röhrte laut. Frans klopfte Cees auf die Schulter. „Gute Arbeit bei Veranda. Weit gekommen." Cees würde gern etwas dazu sagen. Er suchte nach einer Formulierung, die nicht wieder wie ein Vorwurf klang. Frans war schneller. „Hast du Lust, morgen neuen Einbaum anmalen? Mit Bootfarbe?" Cees Antwort kam spontan und aus tiefstem Herzen.

Am Samstag war der Himmel strahlendblau. Das neue Boot lag in der Nähe des Steges in der prallen Sonne. Cees kniete sich ins Gras und strich die Bordwand von außen. Nicht weit von ihm stand Frans und unterhielt sich mit einem seiner Söhne. Ihre schwarze Haut schimmerte dunkelviolett. „Fei weki?" „Mi weki tanga". Cees musste schmunzeln. Es klang wie die Begrüßung, die er gestern von der Köchin gelernt hat. Als Cees sich wieder der Arbeit zuwandte, flüchtete eine pelzige Vogelspinne ins dichte Gras.

Der Sohn packte eine Kiste ins Boot und paddelte damit wieder in Richtung Dorf. Frans lief beim Boot vorbei und Cees hielt ihm einen Pinsel hin: „Dein Einbaum braucht Farbe." Frans schüttelte den Kopf: „Brauche Boot heute nicht" und ging zum Haupthaus. Cees schaute ihm sprachlos nach. Der geht jetzt nicht Saxofon spielen, oder? Zu zweit wäre die Aufgabe ruckzuck erledigt! Und dann könnten sie noch etwas anderes in Angriff nehmen. Zu tun gibt es hier auf dem Gelände ja wahrlich genug. Die Toilettenspülung in der ersten Hütte zum Beispiel war immer noch kaputt. Aber nein, das Wort Effektivität schien es in der Sprache der Saramaccaner nicht zu geben. Mit wütenden Pinselstrichen bearbeitete Cees das Brett, an dem später der Außenbordmotor festgeschraubt werde würde. Schon klar, hier heißt das dann ‚Saramaccaner Art'. Im Boot lag eine durch Wind und Wetter halb verrottete Rettungsweste. Cees schmiss sie in hohem Bogen raus.

Ein paar Stunden später setzte er sich in den Schatten unter einen Baum. Einige der pinkfarbenen Blüten lagen im Gras. Cees streckte die Beine aus. Schweißperlen rollten an seinem Körper hinab, unter den Armen, auf dem Rücken und auch auf der Brust. Sein T-Shirt klebte wie eine zweite Haut an ihm. Er griff zur Wasserflasche und setzte sie ächzend an den Mund. In seinen müden Händen wog die Plastikflasche schwer wie Blei. Zeit für die Hängematte. Cees blickte zum Boot. Noch etwa ein Drittel nacktes Holz. Er stand auf, zog sein T-Shirt aus und ließ es ins Gras fallen. Dann griff er zum Pinsel und beugte sich über das Boot, um innen die Spannten zu streichen.

Cees taumelte in seine Hütte. Das ist jetzt eindeutig mehr als genug Sonne gewesen. Vorsichtig setzte er sich aufs Bett, auf dem eine dünne Decke lag. Der Bezug war aus verschiedenen Stoffresten zusammengenäht und auf den meisten Stücken waren kleine Blumen aufgedruckt. Sein Rücken schmerzte wie noch nie. Ohne Frans Unterstützung hat das Streichen des Bootes ewig gedauert. Als er draußen fröhliches Gelächter hörte, presste seine Hand ein Stück der Decke zusammen. Er wäre jetzt gern zu Hause. Also im Büro. Dort, wo er über die Aufgaben bestimmt. Und alles richtig gut organisiert ist. Er griff zum Telefon. Leider war es nach wie vor stumm. Cees strich die Bettdecke glatt. Sein Urlaub neigte sich dem Ende zu und er fühlte sich immer noch wie ein alter Opa mit müden Knochen. Der Gedanke, sich noch eine Weile hier im Dschungel weit weg von den vielen, gut organisierten Aufgaben zu verstecken, tauchte plötzlich auf und erschreckte ihn. Er schlüpfte aus den Flipflops, rutschte weiter in die Mitte des Bettes und stellte die Beine auf. Die Arme legte er um seine Knie. Weshalb lief er nicht wie alle anderen jeden Tag grinsend über die Wiese? Warum nur fiel es ihm so schwer, einfach mal Urlaub zu machen? Das kann doch nun wirklich jeder. Selbst der Chef hier gebärdet sich wie ein Tourist. Cees legte die Stirn auf die Arme. Tropfen fielen auf die Patchwork-Decke.

Am Sonntag nach dem Frühstück schlenderte Cees langsam über den Rasen. Er sah Frans mit einem Eimer voller Werkzeug aus der ersten Hütte kommen. Cora stand auf der Veranda. Frans zeigte ihr eine Faust mit hochgerecktem Daumen. Cees setzte sich auf den Steg und hängte seine nackten Füße ins Wasser. Das Boot, das ihn nach Atjoni bringen sollte, war noch nicht zu sehen. Heute Morgen hatte Cora erzählt, dass mit diesem Boot eine große Gruppe anreisen würde. Sie werden jedes Bett brauchen, also auch jede Hütte. Ein Glück, dachte er, dass Frans so kurz zuvor erfolgreich den Spülkasten reparieren konnte. Was wäre gewesen, wenn er ein Ersatzteil aus Atjoni gebraucht hätte? Nun ja, dann hätte wohl jemand mit einem Eimer das Wasser zum Spülen direkt aus dem Fluss holen müssen. Wäre dann nicht ganz so luxuriös, wie wenn das hochgepumpte Flusswasser aus dem Spülkasten käme, aber machbar.

Neben ihm am Ufer klickte es. Seine Augen suchten eine Weile, bis er den orangefarbenen Gecko mit dem blauen Schwanz entdeckte. Möglicherweise war es der kleine Kerl von der Veranda. Cees seufzte und lehnte sich zurück. Seine Hand stieß an einen Widerstand. Es war ein loses, nach oben gebogenes Brett. Auch so eine Aufgabe, die der Chef des Hauses nicht sah. Oder eben niedrig priorisierte. Cees drückte das Brett nach unten. Gäbe es hier wie bei ihm im Büro eine nach Wichtigkeit sortierte Liste aller Aufgaben, könnte man sehen, dass Frans meist nur die Nummer Eins bearbeitet. Und trotzdem lief der Hotelbetrieb.

Cees ließ das Brett los. Es schnellte quietschend wieder nach oben.

Was hatte Cees eigentlich dazu gebracht, den neuen Einbaum zu streichen? Also eine unwichtige Aufgabe ganz unten von der Liste zu erledigen? Ein längliches Blatt vom Mangobaum lag auf dem Steg. Er schnipste es ins Wasser. Langsam verschwand der grüne Fleck flussabwärts. Warum hatte er gestern mit Vollgas gearbeitet? Der Fluss war irgendwie schlauer. In der ganzen Zeit, die Cees hier verbracht hatte, floss das Wasser jeden Tag mit der gleichen gemächlichen Geschwindigkeit Richtung Atjoni und weiter bis nach Paramaribo. Man könnte meinen, der Fluss hat bei Frans abgeguckt. Oder Frans beim Fluss.

Cees kickte mit dem Fuß Wasser in die Luft. Ein Bogen aus Wasserperlen regnete herab, die in der Sonne glitzerten. Plötzlich wackelte der Steg. Jemand hatte hinter ihm Gepäck für die Abfahrt bereit gestellt. Höchste Zeit, dass auch er die Schuhe anzog und seinen Koffer holte.

Auf den Bürgersteigen lag frischer Schnee. Durch das Fenster beobachtete Cees zwei Erpel und eine Ente. Sie watschelten mit eingezogenen Köpfen über das Eis am Rande der Gracht. Als sie aus seinem Blickfeld verschwunden waren, entwarf er die letzte Seite für die Präsentation am nächsten Tag. Dann sperrte er den Bildschirm, zog die Steppjacke an und schnappte sich seinen Rucksack. Als er am Schreibtisch von Mareike vorbeikam, schaute sie auf die Uhr über der Küchenecke. Es war zehn vor fünf. Sie blickte ihn mit großen Augen an und zwinkerte ihm zu. „Machst du heute einen halben Tag frei?" Eine Woge schlechten Gewissens schwappte in Cees hoch. Aber nur kurz. Er atmete tief ein und strich sich eine widerspenstige Strähne hinters Ohr. Seine Stimme war eine Oktave tiefer, als er sagte: „Feierabend auf Saramaccaner Art".

Christina · Weltreise

Es war doch so einfach. Beinahe jeden Tag der letzten 35 Jahre hatte er diese Einkaufspassage auf dem Weg zur U-Bahn durchquert. Pünktlich um 17 Uhr hatten ihn die Bürotürme der Behörde meist ausgespuckt. Henning Binder, Zimmer 704 im 7. Stock der Finanzbehörde. Graues Jackett und Aktentasche, in der Regel taub für den lauten Konsum um ihn herum und in Gedanken bereits zu Hause bei Susanne und den Kindern. Nur manchmal erlag er dem Duft frischer Erdbeeren am Obststand oder dem Versprechen hochprozentig reduzierter Kleidungsstücke beim Herrenausstatter. Ja, und dann das Jahr, als er jeden Mittwoch noch eine Stunde mit Frau Kunze im Eiscafe verbrachte… Sie nahm Schokoladeneis mit Sahne und er einen Espresso. Als sie immer häufiger wie zufällig seine Hand berührte, stellte er die Treffen ein. Scharf drängten sich weitere Erinnerungen wimmelnd an die Oberfläche seiner Wahrnehmung. Wieder dieser Schwindel. Alles fuhr mit ihm Karussell. Frau Kunze, Susanne, die Kinder, als sie noch klein waren. Welcher Tag war eigentlich heute? Ihm wurde bewusst, dass er aus irgendeinem Grund hier stehen geblieben war. Genau vor dem Reisebüro. Das musste etwas bedeuten.

Ja, da war er, dieser Traumstrand. Das Plakat zeigte glitzerndes blaues Wasser, menschenleeren weißen Strand und eine zwischen Palmen gespannte Hängematte. Bestimmt Kuba, dachte er. Oder dieses

Mall-, nein nicht Mallorca, wie hieß das denn noch gleich? Egal, er würde fragen.

Noch ein Schritt und schon schob sich die Glastür ganz ohne sein Zutun zur Seite. Zufrieden glitt er in das gedämpfte Licht und steuerte die blonde junge Frau nahe der Glasfront zur Passage an, die konzentriert auf den Bildschirm vor ihr blickte und ein rasantes Klackern der Tastatur mit ihren Fingernägeln verursachte. Madeleine Fischer stand auf ihrem Schild. An der Scheibe lockten Angebote weitere Kunden wie ihn. Die Schrift zeigte nach draußen, aber er konnte einige Wörter von hinten lesen. „Te-neriffa", murmelte er.

„Bitte setzen Sie sich doch!", lud ihn Frau, ach ja, Fischer, ein und lächelte gewinnend. Dankbar ließ er sich in den erstaunlich komfortablen schwarzen Knautschledersessel sinken. Warum war er hier? Der Strand, klar doch. Wo war der noch gleich? Mall… er kam nicht drauf.

„Wie kann ich Ihnen helfen?", wollte die blonde Frau nun wissen. Angenehme Stimme, registrierte er. Ja, bestimmt konnte sie ihm helfen. „Eine Weltreise", hörte er sich sagen. „Ich möchte eine Weltreise machen." War das Erstaunen, was er in ihrem Gesicht sah? „Haben Sie schon genauere Vorstellungen von Dauer und Reiseroute?" „Ja, oder vielmehr nein, bald jedenfalls. Dort ihr Plakat mit dem Strand…", grob wies seine Hand in die Richtung, „wo ist das nochmal? Kuba? Oder Mall-, Mall…?" Er spürte, wie ihm der Schweiß auf die Stirn trat. Nebel breitete sich in seinem Kopf aus, wattig und leise. Warum betrachtete diese Frau ihn so eindringlich? Ihr Blick erinnerte ihn an seine Frau. Deren in letzter Zeit oft so traurige Augen. Er hatte es satt, sich wie ein krankes Schaf zu fühlen, hilflosen Liebesbeweisen ausgesetzt. Oder sollte er Susanne mitnehmen an den Strand? Ob Frau Kunze noch in Zimmer 717 arbeitete? Schon wieder startete das Karussell.

„Welche Weltreisen haben Sie denn?", rettete er sich. „Reisepass und Kreditkarte habe ich dabei. Bin so gut wie startklar!" Sein Mund verzog sich gehorsam zu einem Lächeln und der Schweiß kühlte angenehm die Stirn. „Ganz schön heiß hier, hätten Sie wohl ein Glas Wasser für mich?" Ja, Zeit gewinnen, eine gute Taktik. Frau Fischer (zum Glück war da dieses Schild!) verschwand emsig hinter einer Pappwand mit einem Kreuzfahrtschiff. „Hurtigruten", las er. Das klang gut, kam ihm irgendwie aus dem Fernsehen bekannt vor. Dieser Strand, Mall-, Malediven! Da war es wieder, das gesuchte Wort. „Jetzt weiß ich es!" begrüßte er Frau Fischer und riss ihr dankbar das Glas Wasser aus der Hand. Mit wenigen Schlucken leerte er es. Der Nebel in seinem Kopf schien sich zu lichten. „Ich möchte auf die Malediven. Und das da, Hurtigruten." Er deutete auf das Kreuzfahrtschiff. Strahlend fingerte er Pass und Kreditkarte aus der Innentasche seines Jacketts und schob sie über den gläsernen Schreibtisch zu Frau Fischer.

„Morgen nach der Arbeit kann ich losfahren. Ich arbeite im 7. Stock, Finanzbehörde. Ich heiße Henning und Sie?" „Herr Henning, haben Sie auch eine Telefonnummer, unter der sie erreichbar sind?" Sicher hatte er die. Aber wo? Er wusste, dass er sie auf einen gelben Zettel geschrieben hatte. Sie begann mit 44… In der linken Hosentasche wurde er fündig. Sie landete neben Pass und Kreditkarte in Frau Fischers Händen. „Danke, ich bin gleich wieder bei Ihnen." Zufrieden lehnte er sich in den Sessel zurück. Es war doch so einfach. Schon bald würde er aufbrechen. Susanne würde ihm bestimmt beim Packen helfen. Die blonde Frau verschwand abermals hinter dem Schiff und kam mit einer Tasse Kaffee zurück.

„Herr Binder, es wird jetzt eine kleine Weile dauern. Machen Sie es sich doch bequem." Täuschte er sich oder klang ihre Stimme plötzlich susanniger? Woher kannte sie seinen Namen? Ach ja, der Pass. Der Kaffee duftete und war stark. Er sparte nicht an Zucker und riss alle drei Tütchen auf. Ein Teil des Zuckers rieselte auf die Glasplatte und bildete ein glitzerndes Muster, das ihm gefiel. Er nippte vorsichtig am heißen Getränk und ließ seinen Blick wieder im Raum umherwandern. So viele mögliche Reisen… Die Prospekte geordnet nach Veranstaltern und Kontinenten. Flugzeuge, Schiffe, Züge brachten die Menschen überall hin. Es war doch so einfach. Pass und Kreditkarte.

Er spürte seinen Körper tiefer in den Sessel sinken, das gedämpfte Licht im Reisebüro machte ihn müde. Bald würde er auf eine lange Reise gehen, wohin genau, wusste er nicht. Schwere schoss wie von oben abgeworfen in seinen Körper und seine Augenlider schlossen sich. Sein Blick wanderte in innere Landschaften. Es war alles noch da, Urlaube mit Susanne, die Kinder am Strand, Radfahren gegen den Wind entlang des Deiches. Immer schneller machten sich Erinnerungen an Farben, Gerüche und Satzfetzen zum Sprung bereit, das Karussell drohte zu starten. Zweimal schreckte er kurz hoch, bevor sein Kopf Richtung Brustbein fiel.

„Henning, schläfst du?" Merkwürdig, diese Stimme klang noch susanniger als die der blonden Frau vorhin. Ein Gesicht beugte sich über ihn. Es kam ihm bekannt vor. Dann dieser Geruch nach Jasmin und ein klein bisschen auch nach Gemüsesuppe. „Susanne", begrüßte er seine Frau und hievte sich mühsam aus dem Sessel. Sie hakte ihn unter. „Komm, wir gehen nach Hause. Danke für den Anruf, Frau Fischer."
„Susanne, der Strand dort. Schau mal, Malediven! So schön, das klare Wasser. So blau, wie damals, als wir mit den Kindern in - wie hieß das noch? Weißt du noch, Susanne?" „Ja, ich erinnere mich. Eine schöne Reise", bestätigte sie und nahm seine Hand. „Susanne, diese Weltreise. Morgen können wir fahren!" Susanne hatte ihm Pass und Kreditkarte wieder in die Innentasche seines Jacketts gesteckt. Er warf einen

letzten Blick auf das große Pappschiff. Es war doch so einfach. Warum weinte Susanne dann bloß?

Die Glastür entließ beide lautlos in die Einkaufspassage.

Mathias · Spiegelbild

Feierabend, geschafft, vorbei. Noch schnell etwas essen gehen. Schnell, einfach, billig. Nur kurz hinsetzen, Nahrung aufnehmen, Handy anstarren, sitzen, nicht gehen, innehalten. Nur für einen Moment. Nicht mehr, nicht weniger. Kumpir. Kumpir und Cola. Perfekt. Ich kenne den richtigen Laden, nicht weit vom Büro.

Drei Leute sitzen schon im Imbiss, jeder vor einer dampfenden Kartoffel. Zwei mit, eine ohne Getränk. Jeder sitzt für sich alleine. Ich will auch. Unterhaltungsfreies Abendessen. Der letzte freie Platz ist am Fenster, unbesetzt, erwartungsvoll. Ein Tisch, drei Stühle. Ich besetze sie alle. Meine Jacke braucht Platz, meine Tasche, mein Handy, meine Müdigkeit. Ich brauche Abstand, Bewegungslosigkeit. Rücken zum Raum, keiner soll sich eingeladen fühlen. Brücke hoch, Mauern fest, ein Moment Ruhe.

Die Kartoffel steht vor mir, duftet und dampft. Der erste Bissen ist zu heiß. Schnell einen Schluck trinken, unzerkaut runterschlucken. Die verbrannte Zunge lenkt ab vom Rest. Immer wieder gern. Ein, zwei Bissen, den ersten Hunger stillen. Handy an, Nachrichten checken. Noch ein paar ungelesene E-Mails sind vom Tage übrig. Ich könnte noch schnell antworten. Ich sollte, ich müsste. Ich mag nicht. Ich mag keine Arbeit mehr sehen. Ich lege das Handy weg und schaue nach draußen. Vor dem Fenster laufen Menschen vorbei. Schnell, gehetzt, in Eile. Der Bahnhof ist nicht weit weg, es wird langsam dunkel, Feierabendfußverkehr. Ich schaue den Umrissen zu, fange an zu träumen. Ein Gedankenspiel kommt auf: Die Gestalten, die von rechts nach links laufen, sind blass, schweigsam, leer und grau. Aber schnell. Sie wollen weg. Weg von Arbeit, weg vom Alltag, weg von hier. Ausgebrannte, graue Weg-Renner. Die Wesen, die von links nach rechts schweben, kommen gerade an, sind farbig, entspannt, redselig. Sie haben das Glück des Abends noch vor sich. Bunte, seelige An-Kommer. Ich blicke nicht auf einen Fußweg; ich blicke auf einen pulsierenden Kreislauf. Die ausgepumpten Weg-Renner werden durch unverbrauchte An-Kommer ausgetauscht. Ein Schauspiel. Ich sitze hinter dem Fenster, schaue kauend zu. Die Cola ist halb leer.

Ich sitze, esse, lasse die Welt vorbeiziehen. Von der Kartoffel ist nicht mehr viel übrig. Ich bin fast fertig. Der Hunger ist verschwunden, die Müdigkeit kommt durch. Langsam esse ich den Rest. Von den Alleinsitzern sind noch alle da, keiner hat den Raum verlassen. Ich bin der Einzige, der noch isst. Im Hintergrund läuft Musik, viel zu laut, viel zu bunt. Türkischer Pop. Ich verstehe nichts, verstehe kein Wort. Die Lautstärke ist wie Watte, packt uns einzeln ein. Sanfte Grenze, Abstandshalter. Sprechen unerwünscht. Gäste kommen, Gäste gehen, wir bleiben sitzen. Schön hier.

Plötzlich ist ein Eindringling da. Er steht im Raum, bestellt, sucht einen Platz. Mein Rücken wird größer,

Abstandswarnung. Er ist jung, er sucht das Gespräch. Er setzt sich zu der jungen Frau in der Ecke. Ich habe Glück, sie hat Pech. Kein Essen steht mehr vor ihr. Die schöne Einsamkeit ist weg, er spricht sie an. Er erzählt von seiner Stadt, vom Besuch, vom Hunger, von überteuerten Backkartoffeln. Sie zögert, lächelt irritiert. Nach einigen höflichen Sekunden steht sie auf und geht. Langsam kratze ich die Reste meine Kartoffel aus.

Draußen wird es immer dunkler. Die Nacht kommt. Die letzten Weg-Renner rennen zum Bahnhof; immer mehr An-Kommer bevölkern den Fußweg. Durch die Fensterfront beobachte ich das Treiben. Die Dunkelheit verwandelt die Glasfront in einen Spiegel. Ich sehe mich, ich sehe sie. Ich sitze drinnen, draußen läuft das Treiben an mir vorbei.

Ein neuer Gast kommt. Bart, Mütze, ein Mann. Er bestellt, er sucht einen Platz. Im Spiegelbild sehe ich ihn, sehe seinen suchenden Blick. Mein Rücken wächst, mein Blick senkt sich. Dieser Platz ist besetzt. Kein freier Raum vorhanden. Er nimmt seinen Teller, sein Getränk und verlässt den Imbiss. Er setzt sich an den einzigen Tisch, der vor dem Laden steht. Er sitzt auf dem Bürgersteig, vor der Fensterfront. Er sitzt genau vor mir.

Ich sitze innen, er sitzt außen; ich sitze vor dem Fenster, er dahinter. Ich blicke ihn an, er schaut den Gehweg entlang. Ich sehe sein Profil, er sieht mich nicht. Sein Blick geht die Straße entlang. Die Fensterfront ist ein schwacher Spiegel, ein versetzter Spiegel, ein falsches Spiegelbild. Ich sehe mich. Und gleichzeitig ihn. Zwei Gesichter, ein Bild. Sein Bart ist dicht, er lächelt, sitzt entspannt da. Er sieht gut aus. Er hat den Abend noch vor sich. Die Kartoffel vor ihm ist noch unberührt. Er muss sich nicht beeilen, muss nicht, die zu heiße Kartoffeln zu schnell essen. Ich drücke mit dem Löffel meine Kartoffel zusammen, nur noch die Schale ist übrig. Fertig.

Aufgegessen, satt, Ziel erreicht. Ich könnte gehen. Ich bleibe sitzen, betrachte ihn. Den Anderen im falschen Spiegel. Wie eine alte Fotografie: zwei Gesichter in einem Bild. Zwei Momente übereinander gelegt. Er fängt langsam an zu essen. Keine Eile, keine verbrannte Zunge. Kein Handy liegt vor ihm, er hat Zeit. Er schaut den Menschen hinterher, ruhig, entspannt. Ich schaue uns an, vergleiche. Mein Bart, sein Bart; mein Gesicht, sein Gesicht; sein Lächeln, meine Müdigkeit. Mein Tag ist vorbei, sein Abend beginnt. Ich sehe ihn. Ich sehe mich. Sein Kopf bewegt sich plötzlich. Sieht er mich etwa? Ich nehme mein Handy, lasse den Teller stehen und gehe hastig zum Bahnhof.

Rolf · Rock'n'Roll Tomaten

Eigentlich hieß sie Elisabeth, doch jeder nannte sie nur Elsie. Vor allem die Mama. Elsie hier, Elsie da. Elsie, räum dein Zimmer auf. Elsie, bekleckere dich nicht mit Kakao. Elsie, zieh deinen warmen Pullover an. Elsie, Elsie, Elsie. Nur ihr Vater nannte sie stets mit ernstem Gesicht Elisabeth. Immer. Dann fühlte sie sich jedes Mal sehr groß und fast erwachsen, schließlich war sie ja schon sieben. Doch Papa war selten zu Hause, war für seine Arbeit viel auf Reisen, sah dabei die ganze Welt und nur selten seine Familie.

Ganz anders bei der Mama. Wenn die sie mal Elisabeth rief, klang das eher wie E-Li-Sa-Beth und bedeutete dann gewöhnlich überhaupt nichts Gutes und schon gar nicht, dass sie besonders erwachsen wäre. Ganz im Gegenteil – dann wurde es richtig ernst und Elsie hätte sich am liebsten hinterm Sofa in dem Loch in der Scheuerleiste versteckt. So wie das Mäuslein, das sie ab und zu beobachtete und dem sie schon einmal eine Käserinde gebracht hatte.

Sie wohnten in einer großen hellen Wohnung im zweiten Stock. Vorne gingen die Fenster zu einer ruhigen Straße hinaus und hinten schaute man auf einen großen, grünen Innenhof voller Büsche, Bäume und Hecken, in dem man stundenlang mit den anderen Kindern auf Expedition ausziehen und Abenteuer erleben konnte.

Zweimal pro Woche gab es eine andere Expedition – dann gingen Mama und Elsie in den nahegelegenen Supermarkt einkaufen. Aus dem Keller holten sie dazu einen kleinen vierrädrigen Karren, der lustig hinter ihnen über das Pflaster des Gehwegs klapperte und auf dem Rückweg ihre Einkäufe trug.

Der Supermarkt lag auf der gleichen Straßenseite wie ihr Haus und nur wenige hundert Meter die Straße hinab. Und doch wechselten sie beide und das Wägelchen etwa auf halber Strecke jedes Mal die Straßenseite und Elsie versteckte sich dann hinter der Mama. Sie lugte voller Angst und Neugier hinüber zu all den chromglänzenden Motorrädern und den großen, schwarz gekleideten Ledergestalten, die mit diesen knatternden Feuerstühlen durch die Straße fuhren, sich lautstark unterhielten und wilde, hämmernde Musik hörten.

Diesem Rockertreff, dem dürfe man nicht zu nahe kommen, dem müsse man aus dem Weg gehen, sagte die Mama jedes Mal. Das seien alles ganz wilde und gefährliche Gestalten! Genau so sahen die auch aus.

Und deshalb hoppelte auch auf dem Rückweg das Wägelchen jedes Mal – klapper-di-klapp – den Bordstein hinunter und auf der anderen Straßenseite wieder hinauf.

Eines Tages war die Mama so krank, dass sie im Bett bleiben musste und die Wohnung nicht verlassen konnte. Der Papa arbeitete wieder irgendwo in der weiten Welt und nur einmal hatte der Hausarzt nach der Mama gesehen, sie untersucht und ihr Bettruhe und Medizin verordnet. Elsie kümmerte sich so gut es ging um die Mama, doch im Kühlschrank und in der Speisekammer begannen die Vorräte zu schwinden. Ein Einkaufstag war bereits verstrichen, der nächste war heute und von Elsies Lieblingsfruchtjoghurt war nur noch ein kleiner Becher übrig. Im Kartoffelkorb lagen noch ein paar einsame Gesellen, das Gemüsefach gähnte leer und im Brotkasten fand sie nur noch Krümel. Das alles wäre zu ertragen gewesen, wenn nicht auch ihre Lieblings-Jumbo-Leckerriegel zur Neige gegangen wären. Irgendetwas musste passieren!

Sie ging von der Küche hinüber ins Schlafzimmer und schaute nach der Mama. Die lag dick zugedeckt im Bett und schlief. Nur eine Hand schaute unter den Decken hervor und ab und zu seufzte sie leise. Im Zimmer roch es wie das Badewasser, das die Mama ihr einließ, wenn Elsie sich erkältet hatte. Im dämmrigen Licht, das durch die herabgelassenen Rollläden hereinsickerte, blieb Elsie einen langen Moment neben dem Bett stehen, streichelte sanft über Mamas Hand und zupfte die Bettdecke zurecht.

Dann nickte sie kurz, ging hinaus in den Flur und holte die Einkaufstaschen aus dem Schrank. Sie griff nach ihrer Jacke, zog die Schuhe an und steckte den Wohnungsschlüssel ein. Zuletzt rannte sie in ihr Zimmer und griff nach der Spardose auf dem kleinen Regal neben ihrem Bett. Sie wog sie in der Hand, nickte noch einmal und stopfte sie dann in eine ihrer Jackentaschen.

Das Wägelchen schien keine rechte Lust auf einen Ausflug zu haben, warum sonst fiel es so schwer, es die Kellertreppe hinaufzuziehen? Wieder und wieder stemmte sich Elsie gegen sein Gewicht und jedes Mal kamen mit einem klack-klack seine Räder widerwillig eine Stufe die Kellertreppe herauf.

Als der Wagen endlich draußen auf der Straße stand, musste sie sich erst einmal auf den Haustritt setzen. Ihr Atem ging heftig und ein wenig zitterten ihr auch die Beine. Hinter ihr fiel die Haustür ins Schloss. Wie stählerne Hornissen dröhnten drei Motorräder vorbei. Elsie schaute ihnen die Straße hinunter nach, sah in der Ferne Chrom blitzen, hörte einen schweren Motor bullernd anspringen und sie überkamen Zweifel. Wie sollte sie dort nur ganz alleine vorbeikommen? War, was sie vorhatte, wirklich eine gute Idee? Sollte sie nicht besser alles wieder aufräumen und sich in ihrem Zimmer verstecken?

Doch dann dachte sie an die Mama, die oben krank im Bett lag und an den einen, allerletzten Jumbo-Leckerriegel. Sie fasste sich ein Herz und machte sich auf den Weg.

An der gewohnten Stelle, weit vor den Männern und den Motorrädern, wechselte sie vom Gehweg auf die Straße. Das Wägelchen folgte klappernd. Auf der anderen Straßenseite zerrte sie ihr Anhängsel wieder den Bordstein hinauf und hielt sich dann dicht an den Häusern. Laut schallte Musik herüber. Boorn tuu biie wei-eild! Ihre linke Hand steifte die Hauswände entlang und ihr Blick klammerte sich an die Pflastersteine vor ihren Füßen. Nur ab und an hob sie für einen kurzen Moment die Augen oder wagte einen scheuen, halb angstvollen, halb neugierigen Blick hinüber zur anderen Straßenseite.

Sie sah jemanden winken. Rechnete jeden Augenblick damit, dass irgendetwas passieren, eine der dunklen großen Gestalten sie anhalten, ihr am Ende gar die Spardose wegnehmen würde. Sie lief schneller. Das Wägelchen hüpfte übers Pflaster. Erst als sie auf der anderen Straßenseite den vertrauten Eingang zum Supermarkt erkannte, verlangsamte sie ihre Schritte und schaute sich um. Niemand folgte ihr. Elsie atmete tief durch, überquerte die Straße und verschwand mitsamt dem Wägelchen durch die Schiebetüren.

Bepackt mit allen Einkäufen klapperte das Wägelchen nicht mehr so laut. Außerdem war es nun schwerer und Elsie musste sich kräftig ins Zeug legen, um es zu ziehen. Vorgebeugt wie ein Schlittenpony trabte sie langsam die Straße entlang. Ab und an schaute sie auf. Die gefährliche Stelle kam näher. Mehrere der beängstigend großen dunklen Gestalten standen dort auf dem Gehweg. Zwei winkten ihr zu. Ihre Knie wurden weich.

Da war wohl ohnehin kein Durchkommen. Gleich würde sie die Straßenseite wechseln. Elsie schaute noch einmal zu den Männern. Lenkte dann nervös ihr Wägelchen zur Straße. Noch zwei Schritte. Das erste Rad hoppelte über den Bordstein, ein zweites folgte und dann … kippte die ganze Fuhre langsam und unaufhaltsam um. Kartoffeln, Äpfel, Tomaten rollten über die Straße. Eine erste Träne kullerte über Elsies Wange. Aus einer der Taschen fiel die Packung mit ihren Jumbo-Leckerriegeln. Eine zweite Träne folgte der ersten und dann brachen alle Dämme. Elsie hockte sich auf den Bordstein zwischen all ihre verstreuten Einkäufe und ließ den Tränen freien Lauf.

Durch den salzigen Schleier sah sie zwei große finstere Gestalten auf sich zukommen. Auch das noch. Nein! Sie sank tiefer in sich zusammen. Versuchte, unsichtbar zu werden und wünschte sich, so wie das Mäuslein zu Hause, jetzt durch ein kleines Loch irgendwohin verschwinden zu können. Schluchzer schüttelten sie. Die Tränen liefen wie ein Wasserfall über Wangen und Kinn auf ihre Jacke.

Einer der Rocker sammelte die Kartoffeln und Äpfel zusammen und fing auch die davonrollenden Tomaten wieder ein. Der andere stellte das Wägelchen auf die Räder. Dann setzte er sich neben Elsie auf den Bordstein, legte einen Arm um ihre kleinen, bebenden Schultern und redete beruhigend auf sie ein. Ihr Körper versteifte sich. Sie versuchte mit beiden Armen, ihn von sich wegzuschieben, trommelte mit ihren kleinen Fäusten gegen seine Brust. Nichts half. Erschöpft sank sie in sich zusammen, roch das Leder seiner Jacke, spürte den sanften Druck seiner Hand und war überrascht, dass sie sich auf einmal ein klein bisschen weniger verloren fühlte.

Dann, plötzlich, wurde sie ergriffen und angehoben. Ein Schrei entfuhr ihrer Kehle. Ihr Herz raste. Sie ballte die Hände zu Fäusten. Trat und schlug um sich. Heulte. Schrie laut um Hilfe. Versuchte panisch, sich loszureißen, zu entkommen. Doch zwei Hände hatten sie gepackt und ließen sie nicht los, hoben sie immer höher.

Für einen Moment schwebte sie atemlos durch die Luft, dann wurde sie sanft zwischen den Einkaufstaschen auf dem Wägelchen abgesetzt und ehe sie sich's versah, ratterte die ganze Fuhre vorwärts. Elsie klammerte sich am Rand des Wägelchens fest, bis ihre Fingerknöchel weiß hervortraten.

Je näher sie den Menschen und Motorrädern kamen, desto mehr kroch sie erneut in sich zusammen. Die Musik wurde lauter und lauter. Boorn tuu bie wei-eild! Erneut stiegen Tränen in ihre Augen. Boorn tuu bie wei-eild! Verzweiflung! Verkrochen zwischen den Taschen hob sie kurz den Blick … und schaute in lauter lachende, freundliche Gesichter. Hände winkten ihr zu. Verwirrt löste Elsie zögernd eine Hand vom Wagenrand, winkte scheu zurück.

Als sie den Rockertreff passierten, hupten einige der Maschinen am Straßenrand wie Schiffe im Hafen. Jubel begleitete das rollende Wägelchen. Und noch ehe es nur kurze Zeit später vor ihrer Haustür zum Stehen kam, hatte sich Elisabeths Welt für immer verändert.

Kathleen · Hühnchen süßsauer

Die Türen des Hängeschranks aus Buchenholzimitat glänzten im Licht des frühen Vormittags. Der freundliche Vermieter hatte Urte vor einem Jahr die Wohnung und insbesondere die Küche als puppenstubenhaft schmackhaft machen wollen. Doch das war völlig unnötig gewesen, denn sie hatte sich sofort in die Überschaubarkeit aus drei Schränken, Herd, Spüle und Kühlschrank verliebt. Nur das Quietschen der rechten Schranktür ließ sie jedes Mal zusammenschrecken.

Zum Glück wohnte sie nicht mehr mit Annette zusammen. „Sei doch nicht immer so empfindlich!" hatte ihre ehemalige Hamburger Mitbewohnerin gefrotzelt, wenn Urte zusammenzuckte, weil etwas quietschte oder der Wind die Badezimmertür zuwarf. Als Urte Annette gebeten hatte, die Musik in ihrem Zimmer leiser zu stellen, weil sie sich sonst nicht auf ihre Hausarbeit konzentrieren könne, hatte Annette ihr den Spitznamen Sensibilia verpasst. Dabei wusste sie nicht mal, dass Urte beim gemeinsamen, meist ziemlich stillen Frühstück auch Schmetterlinge in ihrem Bauch aufnahm, wenn Annette eine tolle Nacht erlebt hatte und so tat, als wäre das ein ganz normaler langweiliger Morgen.

Urte öffnete die linke Schranktür, kramte die braune Teeschachtel hervor und entnahm seufzend den letzten Beutel. Dann fiel ihr Blick auf die leere Brotpackung. Der Gang zum Supermarkt ließ sich heute wirklich nicht länger aufschieben. Urte wischte sich ihre feuchten Hände an der Hose ab. Sie versuchte, die Angst, dass die Geräusche und Eindrücke draußen wie ein Hagelschauer auf sie niederprasseln würden, weg zu atmen. Doch sie klebte an ihr wie die feuchte Rechnung auf dem Tisch einer Restaurantterrasse.

Als der Wasserkocher klackte, hängte Urte den Teebeutel in die blaue Keramiktasse, goss das kochende Wasser dazu und setzte sich an den kleinen Küchentisch, der ihr ab und zu auch als Schreibtisch diente. Sie strich sich durch ihre halblangen braunen, von einigen grauen Strähnen durchzogenen Haare. Draußen vorm Fenster leuchteten die gelben Blätter eines Ahornbaumes in der Vormittagssonne. Ein paar Sonnenstrahlen schafften es bis ins Zimmer und ließen die drei Rechnungen, die sie vorhin für Matthias gedruckt hatte, fleckig aussehen. Urte schob sie in den Schatten und griff den Becher mit beiden Händen. Der warme Kakaoschalen-Tee tat gut. Genauso wie die kleine Arbeit als Buchhalterin für ihren Ex-Freund.

Matthias hatte ihr vorgeschlagen, für ihn zu arbeiten, als sie sich schon mit Hartz IV abgefunden hatte. Sie war damals am Boden zerstört. Urte hatte verschiedene Ratgeber gelesen, einen Achtsamkeitskurs an der Volkshochschule besucht und eine Psychotherapie durchgehalten. Doch sie blieb Sensibilia. Und sie musste ihr Studium abbrechen. Durch das kleine Gehalt von Matthias konnte sie sich vor einem Jahr diesen Umzug leisten. Die Wohnung war winzig, aber Urte fühlte sich darin wie in einem Palast. In diesen Räumen hatte noch niemals jemand ihren verhassten Spitznamen ausgesprochen.

Urte zwirbelte den Faden des Teebeutels zwischen Daumen und Zeigefinger. Das kleine Pappschild flatterte hin und her und blieb dann so hängen, dass sie den Spruch auf der Rückseite lesen konnte: ‚Die Suche nach Harmonie ist ein Balanceakt zwischen tanzenden Emotionen und faulen Gedanken.' Urte seufzte zum zweiten Mal an diesem Vormittag und zwang sich aufzustehen. Sie zog sich im Flur die graue Jeansjacke an, nahm Beutel, Geld und Schlüssel und schloss leise die Eingangstür.

Ein altes Ehepaar schlurfte Hand in Hand an den grell leuchtenden Angeboten vorbei durch den Eingang des Supermarktes. Laute Radiomusik plärrte durch die Gänge und Urte ärgerte sich, dass sie nicht den Mut aufbrachte, hier im Laden ihre Kopfhörer, die sogar die Geräusche außen wegfiltern konnten, zu tragen.

Sie schob ihren Einkaufswagen erst zum Brot dann zum Regal mit ihrem Lieblingstee und packte gleich drei Schachteln davon ein. Neben ihr stand eine blonde Frau mit hängendem Kopf und einem zerknüllten Taschentuch in der linken Hand. Sie schwankte leicht und starrte auf ihr Smartphone. Urte spürte, wie ihr selbst fast die Tränen kamen und lief schnell weiter. Bei den Konserven griff sie zu einer Dose mit Sardinen, legte sie aber wieder zurück. Diese Fischbüchsen sahen so ähnlich aus wie Tablettenschachteln. Diese ewigen Tabletten. Sie konnte sich noch an ihre Euphorie erinnern, als sie die erste geschluckt hatte und es plötzlich schien, als könnte sie doch so mühelos wie alle anderen funktionieren und das Studium abschließen. Doch leider durchschaute ihr Körper nach einer Weile jeden chemischen Trick und die Angst vorm Hagelschauer an Eindrücken kam zuverlässig nach wenigen Tagen zurück. Und mit ihr die Wut, Sensibilia zu sein.

Das alte Ehepaar rollte im Schneckentempo mit dem leeren Einkaufswagen wie einem überdimensionalen Rollator vorbei. Die Frau zeigte im unteren Regal auf die Dose mit den zerkleinerten Makrelenfilets. „Was kostet die?", fragte sie mit brüchiger Stimme. Ihr Mann beugte sich in Zeitlupe vor und fuhr mit dem Finger das Preisschild entlang: „59 Cent." Ein Speichelfaden tropfte auf seinen Pullover. Seine Frau nickte und die Dose polterte in den Einkaufskorb. Durch eine ungeschickte Drehung blieb der alte Mann an der Handtasche seiner Frau hängen. Er streichelte ihr entschuldigend über den Unterarm, dann schoben sie gemeinsam den Wagen weiter. Aus dem Einkaufsradio dudelte „Higher Love" von Whitney Houston und Urtes Herz hüpfte vor Freude, weil das Lied gerade perfekt ihre Empfindungen untermalte.

Sie schaute auf ihren Einkaufszettel: Nudeln, Butter und Leberwurst fehlten noch. Urte rollte ihren Wagen zum zweiten Gang links und stand vor dem Mehl statt vor den Nudeln, weil schon wieder umgeräumt worden war. Sie wischte sich mit dem Handrücken über die feuchte Stirn und ging mit weichen

Knien den Gang weiter, bis sie endlich die Spaghetti fand. Dann bog sie ab in Richtung Kasse. Butter zu holen schaffte sie heute nicht mehr.

Vor ihr stand eine junge Mutter mit Kind und einem vollen Einkaufswagen an der Kasse. Die Mutter hatte blonde, kurze Haare und versuchte, ihren brabbelnden Sohn am Ausräumen des Kaugummiregals zu hindern und blickte entschuldigend nach hinten. Als ihre Blicke sich trafen, erfasste Urte eine Welle von Enttäuschung. Urte schaute zur Seite, wich ein paar Schritte nach hinten und das Gefühl zog sich zurück wie ablaufendes Wasser bei Ebbe. Sie griff nach unten und kramte fahrig in ihren Sachen. Eine Teeschachtel lag kopfüber. Der freundliche alte Yogi mit grauem Rauschebart, Turban und einem aufmunternden Lächeln auf der Unterseite schien sie anzuschauen. Jetzt noch eine Butter mitzunehmen, würde deutlich weniger Kraft kosten, als morgen deswegen noch ein Mal loszugehen. Urte gab sich einen Ruck und drehte ihren Wagen um. Zum Glück lag die Butter noch am alten Platz, allerdings neben einer neuen Sorte. Urte überlegte hin und her. Neu oder alt?

Etwa drei Schritte neben ihr stand das betagte Ehepaar an der Wurstheke. Der alte Mann klammerte sich an den Einkaufswagen, in dem die Fischbüchse und eine Packung Brot lagen. Seine Frau hatte gerade nach der Fleischwurst gefragt. „Nein, die ist heute nicht im Angebot. Aber ich kann ihnen Paprikawurst empfehlen." „Wie bitte?" Die Verkäuferin mit den blondierten Haaren blickte zur Decke und wiederholte es lauter. „Ja, 100 Gramm davon bitte". Papier und ein Stapel Wurstscheiben landeten lustlos auf der Wage. „Sind 145 Gramm. Macht 2,85."

Plötzlich war es still, Urte hörte keine Musik mehr. „Oh", flüsterte die alte Frau, „bitte nur 100 Gramm." Sie blickte ihren Mann an. „Sonst reicht das Geld nicht bis zum Monatsende."

Alles um Urte dehnte sich aus und floss ineinander wie in einem Spiegel auf dem Jahrmarkt. Die Wursttheke schlug Wellen. Der fast leere Einkaufswagen der alten Leute dehnte sich auf seine doppelte Größe aus. Urtes Magen zog sich auf Haselnussgröße zusammen und schickte Schmerzwellen durch ihren Körper, als ob sie selbst schon lange nichts mehr gegessen hätte.

Die zittrige altersfleckige Hand des Mannes strömte zu seiner Frau und verschmolz herzförmig mit ihr. Urte fühlte sich plötzlich, als würde sie in goldenem Honig baden. Sie konnte diese über die Jahre gereifte Liebe förmlich mit den Händen greifen.

Urte ließ die Butter im Regal liegen und ging hinüber. Die Musik setzte wieder ein und die Wellen und Verwerfungen beruhigten sich, als sie sich einmischte: „Bitte. Entschuldigung." Urte atmete tief ein. „Lassen Sie das so. Ich würde das gern zahlen." Die korpulente Verkäuferin rollte mit den Augen: „Na, wenn sie denken."

„Oh nein, dass ist doch nicht nötig!" widersprach die alte Dame mehrfach, bis ihr Mann ihr beruhigend die Hand auf den Arm legte.

Die Verkäuferin klatschte das Päckchen auf die Theke und zuckte mit den Schultern, als sie sich dem nächsten Kunden zuwandte. Dann schoben die drei ihre Einkaufswagen Richtung Kasse. Die alte Dame bedankte sich immer wieder und fragte, ob Urte auch hier in Buxtehude aufgewachsen sei.

„Nein, ich wohne erst seit kurzem hier. Vorher habe ich in Hamburg gelebt. Versucht zu leben." Sie wollte noch mehr erzählen, doch die Kasse war jetzt frei. Der Verkäufer, ein junger Mann mit Pickeln, war mit seinem Smartphone beschäftigt, so dass er gar nicht bemerkte, dass Urte den Inhalt aus zwei Körben bezahlte.

Draußen blies ein starker Wind das erste Herbstlaub raschelnd über den Parkplatz. Zum Abschied umarmten die beiden alten Leute Urte und zogen dann ihre rollende Einkaufstasche Richtung Rathaus. Das linke Rad eierte und quietschte leise vor sich hin.

Beim dritten Versuch schaffte Urte es endlich, den Schlüssel ins Schloss zu stecken. Sie schob die Tür mit ihrem ganzen zittrigen Körper auf. Dann stellte sie die Tasche ab und ließ die Jacke von den Schultern rutschen. Der Einkaufsbeutel kippte um, die Spaghetti und eine Teeschachtel fielen auf den hellen Laminatboden. Ohne die Schuhe auszuziehen, schleppte sich Urte zum Sofa, ließ sich fallen und zog die grüne Kuscheldecke herüber.

Urte musste an die alte Dame denken. Ihre Umarmung hatte sich angefühlt, als würde Urte ein frisches warmes Brot vor der Brust ganz nah am Herzen halten. Diese Wärme wurde noch verstärkt, als die beiden nach Hause gingen und der alte Mann sich am

Rathaus noch mal umgedreht und ihr gewunken hatte. Sie konnte die Wärme immer noch spüren.

Urte zog die Decke erst bis zum Hals und dann weiter bis über den Kopf. In der Dunkelheit blitzte ein völlig neuer Gedanke auf: Das Leben als Sensibilia schmeckte so ähnlich wie „Hühnchen süßsauer mit Ananas" beim Chinesen. Viele Tage waren von einer sauren Note durchzogen, aber heute hatte sie auf ein süßes Stück Ananas gebissen. Sie lächelte. Dann fielen ihr die Augen zu.

Christina · Pappschild

„Kiek mal an, Pappschilder statt rote Fahnen!", murmelt Kurt. Er fingert mit geübtem Griff die leicht verbogene Selbstgedrehte aus der Innentasche seiner Lederjacke. Die Jacke hat Geschichte, begleitet ihn durch die Jahrzehnte und ist inzwischen speckig an den Ärmeln und brüchig auf den Schultern. Auch der rote Stern am Revers prangt dort seit den Siebzigern. Kurt zündet die Zigarette im Gehen an und inhaliert tief den ersten Zug des Tages. Er schlendert von der Bushaltestelle Richtung Invalidenplatz. Auf ihn wartet ja keiner, er kann auch den nächsten Bus nehmen. Seine Freundin Elsa geht erst nächstes Jahr in Rente und für das erste Bier mit den Nachbarn vor dem Späti in seiner Straße ist es definitiv noch zu früh.

Der Platz ist zur Hälfte gefüllt, wohl so an die 400 Mädels und Jungs. Auf einer Stufe sind Mikrofone installiert, Kabel und Boxen werden noch von einigen Jugendlichen hin- und hergetragen. Er sieht in freundliche Gesichter, Umarmungen werden ausgetauscht und überall sind Grüppchen in Bewegung. Natürlich hat er von den „Fridays for future"- Demos schon in der BZ gelesen. Neugierig mustert er die unverbrauchten Gesichter, die Mädchen fast alle langhaarig und ungeschminkt, die Kleidung praktisch und sauber. Er atmet gierig die Verbrennungsprodukte eines weiteren Zentimeters seiner Zigarette ein und nähert sich unauffällig einer Schönheit in Shorts und ärmellosem Oberteil. „Die Arktis brennt" steht auf ihrem Pappschild. Die Buchstaben hat sie wohl mit Wachskreiden in Feuerfarben gemalt, wie niedlich. Höhere Tochter aus Dahlem, örtliches Gymnasium, Hobbies: Reiten, Tennis und Klavierspielen, diagnostiziert Kurt und grinst. Klar, neuestes Hobby: unseren blauen Planeten retten, darunter geht`s nicht.

„Na, Mädel, keene Schule heut? Ja schwer was los hier!", quatscht er sie an, denn da kennt er keine Hemmungen. „Wir haben Sommerferien. Aber der Kampf geht natürlich weiter. Können Sie Ihren Rauch bitte woanders hinblasen? Danke." „Oha, die hat ja Haare uff de Zähne", denkt Kurt. Als sie sich wegdreht, hält er einfach kurz ihren Arm fest. „Na, mal langsam mit die jungen Pferde. Kampf, sagst du? Wogegen müsst ihr Schatzis denn kämpfen, zu viele Hausaufgaben?" Kommt nicht gut an, sie macht sich los und blickt böse. Er versucht es noch einmal: „Nee, sorry, Scherz beiseite. Die Arktis brennt, stimmt das?" „Ja, allein im Juni haben die Feuer dort so viel CO_2 abgegeben wie eine mittelgroße Industrienation im ganzen Jahr! Die Torfmoore trocknen immer weiter aus, der Permafrostboden taut und darunter ist noch viel mehr CO_2 gespeichert..." Ihr Gesicht nimmt einen verzweifelten Ausdruck an. Kurt begräbt den Stummel seiner Zigarette mit geübter Drehung des Beines unter seinem linken Schuh. „Na, und jetzt? Meint ihr, die Mächtigen interessiert es, wenn ihr hier eure Pappen hochhaltet? Money, money, Gewinnmaximierung! Darum geht es denen. Schafft mal erst den Kapitalismus ab, dann reden wir weiter. Schon mal wat von Klassenkampf jehört, Mädel? Oder jibt`s das Wort nicht bei euch in Dahlem?" Kurts Stimme schwillt an wie ein sommerlicher Wespenstich und er registriert, dass einige der Umstehenden bereits das Gespräch verfolgen. Treffer, gratuliert sich Kurt und holt zum nächsten Schlag aus. „Woher wissen Sie, dass ich aus Dahlem bin?", fragt sie erschrocken, „sind Sie etwa einer vom Verfassungsschutz?" Kurt lacht auf: „Denkste, die interessieren sich für euch Jemüse? Wir hatten damals einen in unserer Orts-gruppe Moabit, den ham wir vielleicht verdroschen... Mal im Ernst, Süße: Denkst du, die Regierung hat Angst vor so'nem schwedischen Mädel mit Zöpfen wie aus Bullerbü?" „Meinen Sie etwa Greta? Sie war letzten Freitag hier und mal ehrlich, kennen Sie auch nur eine ihrer Reden?" Kurts Gesicht verrät sein Un-wissen. Jetzt nimmt sie Fahrt auf. „Aha! Sollten Sie mal googeln. Dann wüssten Sie, warum wir hier frei-tags unsere Erziehung opfern. Es geht doch für alle um Leben und Tod – egal ob mächtig oder nicht!" Kurt sieht seine Felle davonschwimmen, als einige der Umstehenden nicken. „Wir haben nur eine Erde!" setzt sie mit noch höherer Stimme eins drauf. Oha, sieht er da etwa Tränen in den schönen blauen Au-gen? Verlegen tritt er den Rückzug an. „Na, entspann dich, die Natur hat schon so einiges selbst geregelt. Keine Panik! Stimmt ja, so wie jetzt kann es nicht weiter gehen. Alles voller Plastik, Klimawandel und so. Aber Fritzchen Müller will halt sein Steak, sein

Auto und im Sommer nach Mallorca fliegen. Und du jettest doch auch in den Ferien mit Mama und Papa in die Karibik, oder?" Ihr Gesicht wird hart. Als hätte jemand einen Film mit der Fernbedienung gestoppt.

Dann sprudelt ein ganzer Vortrag aus ihrem Mund, bei dem selbst Kurt zum konzentrierten Zuhörer wird. „Ich mache keine Flugreisen mehr. Mein ökologischer Fußabdruck ist so klein wie möglich. Ich esse vegan, kaufe vorzugsweise unverpackte Lebensmittel und trage Klamotten vom Flohmarkt. Ich nutze öffentliche Verkehrsmittel, wenn ich nicht sowieso mit dem Fahrrad fahre. Erzählen Sie mir nichts über Glaubwürdigkeit! Ich weiß genau, dass ich in ein verdammt gutes Leben hineingeboren wurde. Ja, Glück gehabt, soll ich mich dafür schämen? Klassenkampf, pah! Meinetwegen vor hundert Jahren noch ein zentraler Begriff. Jetzt geht es doch um so viel mehr! Uns läuft die Zeit davon, schon in 11 Jahren werden die Folgen des Klimawandels unumkehrbar und vor allem unkontrollierbar sein, wenn wir so weitermachen! Und ihr Alten übernehmt keine Verantwortung. Hockt saufend vor dem Späti und lamentiert über die unpolitische Jugend von heute. Wärmt euch gegenseitig mit den Politsprüchen eurer Jugend und tut absolut nichts! Wir wollen noch länger gern auf diesem Planeten leben. Und jetzt möchte ich bitte die Rede hören, dafür bin ich nämlich 20 Kilometer hierher geradelt."

Abrupt dreht sie sich um und bewegt sich leichtfüßig durch die Menge in Richtung Podium. Auch die umstehenden Zuhörer richten ihre Aufmerksamkeit in Richtung der Mikrofone. Kurt bleibt noch einen Moment mit starrem Blick stehen und schlurft dann Richtung Bushaltestelle. In seinem Hirn ist momentan Funkstille, sein innerer Monolog pausiert. Dafür fliegen Versatzstücke ihrer Rede in seinem Kurzzeitspeicher umher und suchen einen Landeplatz mit Verknüpfung. „Starker Tobak, erst mal eine rauchen.", denkt er. Doch irgendwie schmeckt die Zigarette schal. Seine Gewissheiten haben Risse bekommen, wie seine alte Keramiktasse, die schon ewig unhinterfragt jeden Morgen auf immer gleiche Weise mit heißem Kaffee befüllt wird. Irgendwie hoffnungslos. Plötzlich fühlt er sich alt. Was hat seine Mutter noch immer gesagt, wenn er sich bei ihr Trost suchte? „Kurtchen, immer den Kopp hoch, wenn der Hals ooch dreckig is!" Seine Laune bessert sich und da kommt ja auch der Bus.

Kurt sucht sich einen Platz am Fenster und schaut noch einmal über die Menge auf dem Invalidenplatz. Jetzt hüpfen sie alle und halten ihre Schilder hoch. Leider hört er nicht, was sie da rufen. Vielleicht kommt es ja heute Abend in den Nachrichten. Dass die Arktis mal brennen würde, hätte er ja nie gedacht.

Als am nächsten Freitag um kurz vor 10 der Bus gemächlich durch die Straßen Richtung Invalidenplatz gleitet, spürt Kurt eine kribbelige Vorfreude wie in alten Tagen. Mal sehen, ob die Kleene aus Dahlem auch wieder da ist. Na, die wird kieken… Auf seinem Pappschild steht in roten Druckbuchstaben: „Gestern Marx und heute Greta, verschieb dein Handeln nicht auf späta!"

Kathleen · Stromschnellen

Das Schlurfen des alten Mannes mischte sich mit dem Gezwitscher des Kolibris. Seine löchrige Hose war mit einem Strick zusammengebunden, eine Trommel klemmte unter seinem Arm. Er blieb direkt vor der Hütte stehen. Mit dem gebogenen Stock in der linken Hand begann er, auf das Trommelfell zu schlagen. Der Rhythmus veränderte die morgendliche Stimmung wie ein plötzliches Gewitter einen Sonnentag.

Jasifadus Herz setzte für einen Moment aus. Sie kletterte aus der Hängematte, wickelte sich ein Tuch um ihren Körper und trat aus der Hütte. Ihre vielen kleinen Zöpfe standen wirr vom Kopf ab. Die Sonne war schon vor zwei Stunden aufgegangen. Alles leuchtete klar und scharfkantig, die Nachbarhütten aus Lehm, der Mangobaum, das Feld mit den Erdnusspflanzen. Jasifadu kniff die Augen zusammen. Sie erkannte Amadou aus dem Nachbardorf. Schon sein Vater war ein Griot, ein Erzähler, der das traditionelle Wissen bewahrt. Manche von ihnen singen auch und manchmal werden sie gebeten zu vermitteln. Jasifadu stampfte mit dem Fuß auf den Boden: „Ich will nichts von ihm hören!" Ihre Hand zuckte kurz, um den Mann zu verscheuchen. Doch aufgrund seines Alters gebührte ihm Respekt. Sie seufzte, holte die Plastikkanne aus der Hütte und bot ihm einen Becher Wasser an. Der Alte hockte sich auf den kleinen Schemel vor die Hütte neben sie. Seine hellen Augen in dem von Sonne und langem Leben gegerbten Gesicht blickten sie an: „Ich soll dich von Tom grüßen."

Jasifadu zuckte mit den Schultern und schaute zum Himmel. Amadou sprach weiter: „Dies ist seine letzte Entschuldigung. Morgen Abend wird er abreisen und wieder in die Hauptstadt fahren." Jasifadu knallte ihren leeren Becher auf den Boden: „Endlich!" Der Alte wartete einen Moment und spielte dann einen anderen Rhythmus. Die Pausen zwischen den Tönen waren lang. Sehr lang und sehr tief. Jasifadu wandte all ihre Kraft auf, um nicht darin zu versinken. In der Stille. In der endlosen Weite. In der Einsamkeit. Sie schwankte. Nur ein kleines Zeichen von ihr und der Alte würde freudestrahlend zu Tom humpeln. Gedankenversunken strich sie über die Kette an ihrem Hals. Als Amadou aufhörte zu spielen, verabschiedete sie ihn ohne Worte. Der Kolibri summte noch eine Weile um den Mangobaum herum. Dann flog er weiter.

Sonnenstrahlen fielen schräg durch einen Spalt zwischen Holzwand und der leicht geöffneten Tür. Die Wand bestand aus grob gezimmerten Brettern. An den Stellen, wo das obere Brett das untere überlappte, blitzte ab und zu Sonnenlicht durch. Jasifadu stand vor dem blauen Regal. Zumindest war das der Name, aber eigentlich waren nur noch vereinzelt Spuren von blauer Farbe daran zu erkennen. Aber es hieß schon immer so. Seit sie denken konnte. Also seit sie mit fünf Jahren von der alten Heilerin aufgenommen wurde. Neben Tellern und Tassen standen alte Milchpulverdosen, die mit getrockneten Kräutern, kleinen Vogelknöchelchen und Kaurimuscheln gefüllt waren, darauf. Sie nahm die mittlere Dose und ging nach draußen. Im Schatten der Hütte saß eine Frau mit ihrem Sohn. Sie hielt ihn im Arm und kühlte seine Stirn mit einem feuchten Tuch. Jasifadu setzte sich auf die Bastmatte zu ihnen. Ihre dunkelbraunen, leicht schrägen Augen betrachteten die beiden. Mittlerweile wusste sie, dass sie Zeit brauchte, um sich mit den Menschen zu verbinden. Denn nur dann tauchten die Eingebungen auf, wie sie helfen konnte. Sie verspritzte ein wenig Wasser in alle vier Himmelsrichtungen und sortierte summend ihre Utensilien. Dann bat sie die Mutter zu erzählen, was passiert war. Von den anderen Hütten schallte Kindergeschrei herüber. Untermalt vom regelmäßigen Stampfen der Frauen, die immer wieder einen schweren Stößel in den mit Reis gefüllten Mörser fallen ließen, um die Körner von der Schale zu befreien.

Jasifadu wandte sich dem Kind zu. Ihre Hände berührten vorsichtig seinen stark geschwollenen Knöchel. Er war heiß und prall wie eine Orange. Das Wimmern des Jungen wurde lauter. Sie bat die Mutter, das Kind vor ihr auf den Boden zu legen. Dann griff sie zur Räucherschale und blies in die Glut. Aus der Dose nahm sie drei Stückchen getrocknete Baobab-Wurzel und legte sie auf die Kohle. Sofort stieg Rauch auf, der nach Harz und Erde roch. Mit einer großen Vogelfeder fächelte sie achtsam den Rauch auf das Kind und sang leise dazu. Der Junge war jetzt still. Als sie die Schale abstellte, sagte sie: „Die Geister sind beruhigt. Aber das reicht nicht." Die Mutter atmete deutlich hörbar aus. „Geh mit ihm zur Krankenstation." Die Mutter zerrte ihr Kopftuch runter, um es neu zu binden. „Wie soll ich das machen? Mit ihm bis nach Atjoni schwimmen?" „Frag doch Frans von der Lodge. Ich glaube er holt morgen neue Gäste ab. Vielleicht könnt ihr da mitfahren."

Jasifadu legte die Bezahlung der Mutter, eine Tüte mit Okraschoten, zur Seite, rollte die Matte zusammen und fegte den Boden vor der Hütte. Wie die Staubwolken wirbelten ihr Fragen durch den Kopf. Habe ich richtig gehandelt? Hätte ich der Mutter vielleicht doch den Weg ersparen können? Aber ich konnte die verschobenen Knochen deutlich spüren. Ach, Mariam. Was hättest du empfohlen? Sie berührte ihre Kette. Das letzte Geschenk der alten Heilerin. Inmitten von Muscheln und Federn hing der Zahn eines Krokodils. Seine Oberfläche war durch Rillen und Erhebungen strukturiert. Ein geheimes Relief. Und was soll ich mit Tom machen? Ach. Da kenne ich deine Antwort. Mein Platz ist hier. In der Natur. Als Heilerin. Und Heilerinnen würden nie heiraten. Schon gar nicht jemanden wie Tom, der in der Zentralen Bank von Surinam arbeitet. Sie atmete tief ein, stellte die Matte in die Ecke und schüttete etwas Reis in einen Topf. Draußen entzündete sie ihre Feuerstelle. Um die Glut lagen kreisförmig angeordnete Scheite. Sie schob ein paar von ihnen weiter nach vorn, um die Temperatur zu erhöhen. Das Reiswasser begann zu brodeln. Wie die Stimmung beim letzten Biggi Dansi vor einem Jahr. Kurz vor dem Regenguss. Damals, als sie Tom kennengelernt hatte. Sie wollte gerade gehen und vor dem Regen fliehen, als er sie zu sich und seinen Freunden unter die Regenplane eingeladen hatte. Zu sich und seinen Freundinnen. Verdammt. Sie hatte sich vom Mondlicht blenden lassen. Vom Mondlicht, das sich in den Regentropfen auf seinen nackten, dunkelbraunen Armen gespiegelt hatte.

Während der Reis kochte, bereitete sie die Soße zu. Mit einem alten abgenutzten Messer schälte sie eine Zwiebel. Dann nahm sie die Knolle in die linke Hand und ritzte parallele Streifen hinein. Zack, sie drehte die Zwiebel um neunzig Grad und ritzte erneut. Sie rückte einen Teller zurecht, beugte sich vor und schnitt jetzt parallel zur Handfläche. Kleine Würfel fielen auf den Teller. Dann putzte sie die Okraschoten.

Jetzt in der kleinen Regenzeit war der Fluss stark angeschwollen. Er gurgelte laut über die großen Steine in der Nähe des Waschplatzes. Jasifadu stand wie die anderen Frauen mit den Füßen im Wasser und wusch ihr Geschirr. Was war das denn? Ohne groß nachzudenken, griff sie nach dem Ding, was plötzlich an ihrem rechten Bein hängen geblieben war. Sie zog das nasse Etwas aus dem Wasser, richtete sich auf und hielt es gegen die Sonne. Es war ein altes, bedrucktes T-Shirt mit Löchern. Tropfen fielen herab und glitzerten in der Sonne. Sie runzelte die Stirn und warf es ans Ufer. Dann wickelte sie ihren kurzen Rock neu und bückte sich wieder zum Wasser hinunter. Als letztes reinigte sie den Reistopf. Ihre beiden Nachbarinnen waren schon fertig. Sie packten alles Geschirr in großen Schüsseln. „Jasifadu, was macht die Liebe?" fragte die Ältere. „Ich liebe es Heilerin zu sein!" antwortete sie ohne aufzuschauen. Aus den Augenwinkeln sah sie die beiden tuschelnd und kichernd mit den Schüsseln auf dem Kopf nach Hause gehen. Jasifadus voller Bauch fühlte sich plötzlich leer an. Wie eine Schale, aus der gerade der Reis ausgeschüttet worden war.

Das Wasser färbte sich immer dunkler, denn die Sonne blitzte nur noch vereinzelt durch die Baumkronen am anderen Ufer. Am Horizont fuhr ein letztes Boot. Der schlanke Rumpf suchte seinen Weg durch die Stromschnellen zwischen den großen Felsbrocken. Das Tuckern seines Außenbordmotors verebbte, als es hinter der nächsten Flussbiegung verschwand. Jasifadu war jetzt allein. Sie spülte die Seife aus dem Topf und hievte ihn auf die trockene, betonierte Fläche am Ufer. Dann zog sie ihr Trägershirt aus, ging wieder ins Wasser und wusch ihren Oberkörper. Die Seife brannte in ihren Augen. Sie stellte sich Tom vor, wie er die Nacht mit Mara verbracht hatte. Tränen liefen über ihre Wangen. Kokosnüsse. Hohle Kokosnüsse. Das sind Toms Entschuldigungen. Sollen doch die Affen damit spielen! Ihre Tränen flossen stärker. Denn selbst das Fleisch einer alten, saftlosen Nuss ist immer noch süß. Sie ließ sich auf die Knie sinken. Es war ihr egal, dass dadurch fast der ganze Rock nass wurde. Sie schöpfte mit den Händen Wasser, ließ es aus der Luft herabrinnen und heulte den Fluss an. Und den Himmel. Selbst wenn sie Tom verzeihen würde, sie konnte nicht zu ihm in die Hauptstadt ziehen. Wo sollte sie in Paramaribo Kräuter sammeln? Im Müll am Straßenrand? Wer würde überhaupt zu ihr kommen? Menschen mit Stöckelschuhen und Krawatten?

Direkt vor ihr sprang ab und zu ein Fisch aus dem Wasser. Oder sollte sie doch den Sprung wagen? Ratlos beobachtete sie den Fisch, bis er in der Weite des Flusses verschwand. Langsam wurde sie ruhiger. So als ob ihre Schmerzen im Fluss davongeschwommen waren. Sie stieg ans Ufer, zog ihr rotes Oberteil an und schlüpfte in die Flipflops. Langsam ging sie nach Hause. Nach wenigen Schritten blieb sie stehen, drehte sich wie in Zeitlupe um und lief dann mit festen Schritten zum Waschplatz zurück. Sie griff nach dem alten T-Shirt und warf es mit Schwung in die Schüssel auf ihrem Kopf. Ihr kurzer, schmaler Körper fand bei dieser gewagten Bewegung spielend das Gleichgewicht. Selbst als wenig später eine Sandale im Schlamm stecken blieb, wackelte sie kaum. Der Schlamm war ein letzter Gruß vom Regen der vergangenen Nacht. Ihre schmatzenden Schritte waren durch das Zwitschern und Knarzen des Dschungels kaum zu hören. Ein Tukan, der wie eine Holzrassel klingt, begleitete sie ein Stück.

Es war bereits dunkel, als sie zu Hause ankam. Sie zog die kleine Holztür auf und betrat die Hütte. Es dauerte einen Moment bis sich ihre Augen an die tiefe Dunkelheit gewöhnt hatten. Sie angelte das T-Shirt aus der Schüssel und legte es auf den Boden. Dann hängte sie den Topf an den Haken und stapelte die Teller auf das blaue Regal. Sie tastete zwischen den Milchdosen umher und fand ihr Smartphone. Der automatische Blitz ließ das Herz auf dem alten T-Shirt aufflackern. Sie öffnete Whatsapp und versendete das Foto mit den Worten: „Wollen wir morgen im ‚Gado Gado' Mittagessen?"

Zur ihrer eigenen Verwunderung stand ihre Entscheidung plötzlich fest. Das T-Shirt war ein Zeichen gewesen. Sie lächelte, griff nach der Kette und küsste den Krokodilszahn.